未来は今が創る
今の一念に生きよ！

元龍谷大学陸上部監督が語る「人生の流儀」

西出　勝

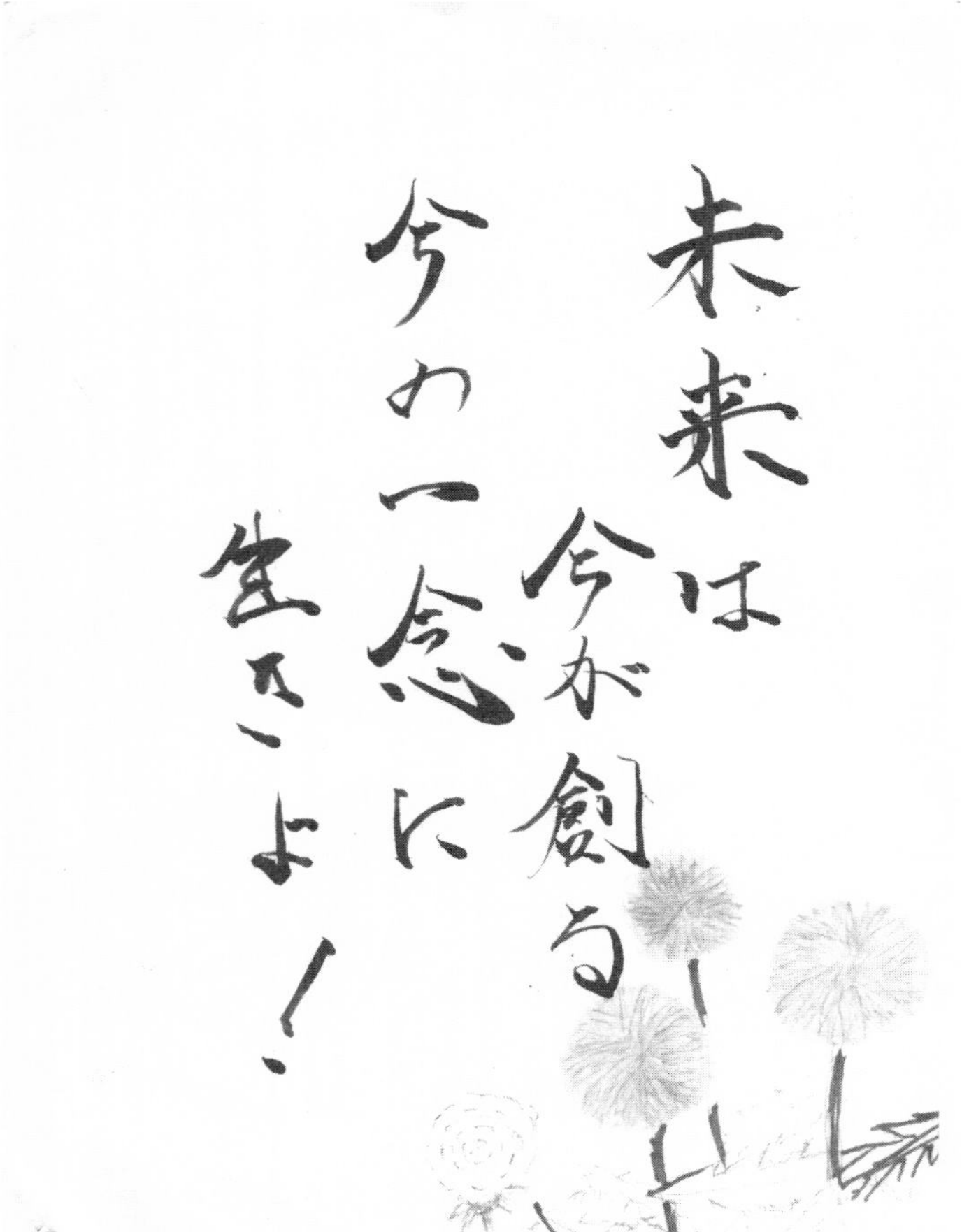

座右の銘

もくじ

未来は今が創る　今の一念に生きよ！

宇治田原で困窮した幼少期を過ごす

私は、昭和２７年３月３日に京都府綴喜郡宇治田原町郷ノ口で、西出家の長男として生まれた。

家族構成は父、母、姉、そして私である。

単刀直入にいって、かなり貧しい家であった。

生家は、大家さん宅の裏側のちいさな小屋だ。

小屋の裏には井戸があった。

なかは土間に竈と七輪があり、机代わりに林檎の木箱に新聞紙を貼ったものを使用していた。

畳はなく、板の間にむしろを敷き、その上で家族４人が暮らしていたのだ。

その部屋の広さは、なんとたったの四畳半だ。

竹を骨組みにして土で作られた壁は、ところどころ剥がれ落ち、それは天井にも及んでいた。

つまり、雨が降ると雨漏りは避けられない。

部屋の真ん中付近は雨垂れの直撃をうけるため、そこに空き缶やバケツを置いた。

就寝時に雨が降る場合は、壁際は雨漏りしなかったので、壁にもたれながら座って寝ることもあった。

もちろん風呂などという贅沢なものは存在しない。

3日に1回、大家さん宅の家族が全員済んだ後に〝貰い風呂〟させていただいていた。


なぜこのような極貧の生活を送ることになったのか。

私が生まれる前、私達一家は、専業農家である父の実家で暮らしていた。

しかし、母と祖母の嫁姑問題が発生したため、私達家族は実家を出ることを余儀なくされた。

父は宇治バスの運転手だった。

ある程度の収入はあったが、父は6人兄弟の長男であり給料の一部を実家に入れていたため、私達に負担がかかることになっていたのだ。

このような状況下ではとくに、子どもにしわ寄せがくる。

意外に思われるかもしれないが、私は幼少期、病気がちの子どもであった。

それで満足に医者にも行かせてもらえなかった。

病気になったときの治療費などもあろうはずがない。

1歳のときに蚊に刺されたことが原因で、その後4年間も腫れ物がひかず、大いに苦しんだ。

全身は包帯でぐるぐる巻きの状態で、そのまま放っておかれた。

最後の1年間ほどは、包帯をとることができたので、自分で歩けと言われた。

近くの石垣に野草が生えていた。

それを自分で摘んでこいというのだ。

言われたとおりの草を見つけ出し、母に渡すと煎じて飲ませてもらっていた。

これが、私の薬だった。

安上がりで、いい加減なものだった。

月はかけて満ち、潮はひいて満つこと疑いなし

月は欠けてもやがて満月になり、潮も引いてはやがて満ちてきます。

人生もまた同じ。

今、苦難の日々を送っていても、やがて幸福な日々が訪れます。

また、幸せな毎日を送っていても、いつ苦しい時がやってくるか分かりません。

どんな時でも自分にとって大切なものを、しっかり守り育てて行かなくてはならないのです。　日蓮

幼少時の宇治田原町の住まい

町営住宅で幼稚園まで片道2キロを歩く

宇治田原町郷ノ口での生活は、私が生まれてから5年間ほど続いた。

幼稚園に通い出すタイミングで隣町に町営住宅が建てられ、5歳の時にようやく引っ越すこととなった。

町営住宅で、私達の一家が住んだのは6畳と3畳、ふたつの部屋であった。

以前は四畳半一間だったので、御殿のように広く感じらた。

風呂や水道、プロパンガスが設置されており、子供心ながらに近代化された我が家をみて、たいそう嬉しかった。

もちろん雨漏りなどない。

何より、壁際に座って寝なくてすむようになったのがありがたかった。

町営住宅から隣町の幼稚園へは片道2ｋｍあった。

行きは母が自転車で送ってくれた。

だが、帰りはひとりで歩いて帰ることになっていた。

幼稚園も保護者も、いまでは考えられないほどの放任主義だ。

まったくあぶなかしくて仕方がないと思う。

ただ、２ｋｍという距離は、５歳の子どもが歩くにはたいへんだとは思うのだが、私にとってはさほど苦にならなかった。

観月橋の古アパートに引っ越して伏見港で遊ぶ

町営住宅では、１年間ほど過ごした。

その後は、父が宇治バスから京阪の観光バスに転職したことがきっかけで観月橋に引っ越した。

住まいは4畳半と2畳の部屋がある古アパートで、住み心地自体は町営住宅のほうがよかったように思う。

すこし残念だった。

そして、伏見南浜小学校に入学した。ここで2年生までを過ごすこととなる。

この頃の思い出としてはいろいろある。

児童公園で街頭テレビを見たこと、そして初めて銭湯に行ったこと。

親がくれるおやつ代１０円とお年玉をコツコツ貯め、それで２４インチの自転車を自分で買ったこともある。

しかし、以前ほどでないとはいえ、家計が苦しくなる時はあった。

月末には、母は私を連れて質屋に行った。

腕時計や着物を質にいれてしのぐためだ。

なぜ子どもを質屋に連れて行くのか疑問に思った方がいるだろう。

これは、子連れの方が多く金を貸してもらえるからである。

当時はそうした〝人情〟がまかり通る時代であった。

ただお金は借りても、一回たりとも質に入れたものを〝流す〟ことはなかった。

これが我が家で唯一、誇れるところかもしれない。

〝流す〟ほどまで困窮していなかったのか、もしくはそこまでは落ちぶれまいという矜持があったのかもしれない。


遊び場にも事欠かなかった。

アパートのすぐ近くには伏見港があった。

坂本龍馬が活躍した幕末には、大坂と京都をむすぶ中継点として大いに栄えたところだ。

現在は埋め立てられ、テニスコートや体育館が建てられているが、当時でもその名残が残っており、石炭を降ろす船着き場があったのだ。

そのため、石炭の粉が堆積してできた砂山や、石炭を貯蔵する倉庫、石油を貯蔵するタンクが多数あった。

これが背丈のちいさい私にとっては、摩天楼のようにも、ジャングルジムのようにも感じられ、かっこうの遊び場であった。

ただ、このアパートに住んでいた人は会社の事情で転勤してこられた方々がほとんどを占めていたので、遊んでくれる同年代の子どもがいなかった。さびしかった。

なので、南浜小学校の友達をここに誘って遊んだ。

しかし、これが原因で手ひどく痛い目をみることになる。

ある日、伏見港のタンクでその友達と遊んでいた時のことだ。

タンクの中に私が入ろうとすると、入り口をまだ掴んでいたにも拘わらず、その友達がタンクの蓋を閉めてしまい、私の左小指が挟まってしまった。

思わず「ギャー」と叫んだが時既に遅し。

ひどい出血で、第一関節から折れ、皮一枚でぶら下がっているという有様だ。

近くには小さい診療所しかなかった。

いいのか悪いのか分からなかったが、医者はいきなり〝麻酔なし〟で縫い合わせはじめた。子どもで細胞が若かったためであろうか。

運良く、指の神経は繋がったようだ。

いまでは、ほぼストレスなく左小指を曲げることができるまでになった。

もし小指がとれてしまっていたら〝その筋の人〟と誤解されかねないであろう（笑）。

子どもは怪我をしながら様々なことを学ぶというが、この事件は勉強にしては、過ぎた痛みだった。

正師を得ざれば、学ばざるにしかず
物事を正しく学ぶことは想像以上に難しいものです。
気づかないうちにひどく遠回りしていたり場合によっては全く違う方向に進んでいることがあります。
間違った方向に進んでいては、学ぶ意味さえ疑われます。そんな時に助けになってくれるのが、指導者の存在です。　道元

枚方の中宮第二団地でよく遊び、よく叱られる

小学校3年生からは、大阪府枚方市の中宮第二団地に引っ越した。

またもや父の仕事の都合であった。

私の人生は、このあたりから始まったように思う。

記憶が濃く、前後のつながりが明確になりはじめた。

かつ小学生ならではの長い自由時間があったので、そのように感じられたのかもしれない。

学校は午後3時頃に終わる。

それからすぐ家にランドセルをおき、夕方の6時か7時まではずっと外で遊んでいた。

行動範囲も拡がった。

団地から半径3km周囲すべてである。

団地だけでかなりの敷地があり遊び場には事欠かなかったが、隣接した工場跡地におおきな広場があった。

特に仲がよかったのは、池田君だ。

彼とはその工場跡地で、キャッチボールをした。

また、彼は物知りだった。

彼の家を祖父の代まで遡ると、池田菊苗という方がいる。「日本の十大発明」と呼ばれるうまみ成分、Lグルタミン酸ナトリウムを発見した、偉大な科学者であったらしい。

もうお分かりだろう。

これを用いてつくられた調味料が、かの有名な味の素である。

もうひとつ、彼の物知りを象徴する話をしよう。

彼はなんと接着剤の作り方を知っていた。小学生なのに。

プラスチックをシンナーに浸けると、プラスチックが溶ける。その状態になると、まるでセメダインのように、接着剤並みの吸着力を持つことを自慢げに教えてくれた。

子どもながらたいへん驚いた。

また嬉しいことに、団地周辺は自然環境が豊かな土地柄であった。

近くに池があり、彼と一緒にザリガニをよく釣りにいった。

釣れたからといってそれを家で飼育するわけでもなく、釣ったら離すだけのキャッチ＆リリースであり単純な遊びだった。

ただ、そこでよく釣れる方法を編み出した。

ザリガニは割と何でも良く食べる。

そこでまずはカエルをつかまえる。

そのカエルの足にたこ糸をくくりつけ、これを餌としておびき寄せるためだ。

いまとなれば「カエルが可哀想だ」と思わないこともないが、昔の子ども達はだれでも平気でこういうことをやっていたように思う。

つぎに、彼らが潜むポイントを推理する。

寒い時期、暑い時期、昼なのか夕方なのか。

時期によって異なるから、そのポイントを外せばまったく釣れない。

このようなコツがわかってからは何度か〝入れ食い状態〟を経験した。

自在人
自分に束縛されない存在　親鸞

理不尽な叱られ方

しかし、楽しいことばかりではなかった。

この時期は、おそらく人生で一番親によく叱られた。

夜まで外で遊んでいたのは、できるだけ家にいる時間を短くしたかったからだ。

枚方から高槻まで日が暮れるまで目的なしに歩いていったとき、家に帰ると夜の9時になっており、大層叱られた。

これはまだ理屈が通る。

親が子どもの帰りが遅くて心配するのは当然だからだ。

しかし、これはどうであろうか。

恥ずかしいことに、すこし夜尿症の気があった。

夜中に漏らしたのがバレた時は、布団ごと一緒に団地の玄関から追い出され、内側から鍵をかけられてしまい、1時間外の寒さに震えたことがたびたびあった。

いくらなんでもやりすぎであったと思う。

一番納得できなかったのは、私が何も悪いことをした覚えがないのに、昼間母から叩かれ、また、父が仕事から帰ってきた時に再び叩かれたことだ。

6年生になりこのような〝理不尽なこと〟に俄然反抗するようになって、少しはましになった。

以前より家計は悪くないはずなのだが、なぜ親は理由なく私に暴力をふるってきたのだろうか。

おそらくだが、私をストレスの捌け口にしていた節があったと思われる。

また、枚方に引っ越してきてから、ものすごく困ったことがあった。

父、母が共に煙草を吸い出したことだ。

子どもには、煙草の煙は毒である。

しばらくして、私はとうとう喘息持ちになってしまった。

「やめてくれ」と何度も嘆願していたのだが、

「喘息と煙草は関係ない」

と突っぱねられてしまい、やめてはもらえなかった。

風邪をひくとさらに症状が悪化した。

夜中に発作が出ると横になって寝ることができなかった。

その状態だと、座ったままの体勢をとらないと、咳がとまらなかったからだ。

正直申し上げて、自分の家族にはいい思いをもってはいなかった。

次に引っ越した際には、家庭の事情で私だけこの家族と離れることになるが、以来ほとんど関わりがもてなくなってしまった。

摂取不捨《せっしゅふしゃ》
捨てられても見捨てない仏の心　親鸞

私の教室は校長室

小学校の話に移ろう。

小学校は、枚方への引っ越しを機に、南浜小学校から明倫小学校に転校することとなった。

何度転校しても、とにかく私は勉強が嫌いであった。

宿題は一度もしたことがない。

たったの一度もだ。

宿題をたまに忘れるというのは、誰でも経験があると思うが、一度もしなかったというのは恐らくほとんどおられないのではないだろうか。

この時点でだいたいの想像はつくとは思うが、私は問題児扱いされることになった。

たとえば、学校のどこかのガラスが割れると、なぜか私のせいにされた。

もちろん、誤って本当に割ってしまったこともある。

だが、割った覚えがないものまで、担任の教師から私のせいにされた。

まったく、理不尽な仕打ちを受けたものである。

また、私は正義感が強かったので、同じクラスの生徒が嫌がらせを受けると、仕掛けた者がいるクラスにいって、

「おう、誰が○○をいじめたんや。オレは許さんぞ」

と言って喧嘩をはじめたりした。

それでも決着がつかなければ、クラス全員を煽動し、みなで押しかけたりしたこともあった。

私のケンカの流儀は、年齢にとらわれないことにあった。

４年生の時には、６年生とも喧嘩をした。

善悪に、上級生かどうかは関係ないと思っていたからだ。

ただケンカ騒ぎを起こす度に、親から怒られた。

だが、自分がしたことは今でも間違ったこととは思っていない。


あまりにこうしたことが続いたようで、私はとうとうクラスの教室から追い出された。

机ごと、校長室に持って行かれ、なんとその日から校長室が教室となったのだ。

そこで校長から説教をされるのかと思いきや、彼は包容力のあるいい教育者であった。

一緒に花壇にいって草花の手入れをしたり、鶏小屋でニワトリの世話をするといったものであった。

普通の生徒なら「こんな雑用はやっていられない」と感じるかもしれないが、私は違った。

勉強よりはずっとましだったので、これらがまったく苦ではなかったのだ。

むしろ良い経験をさせてもらえたと感謝している。


ただ、私はほんとうの問題児だった訳ではない。

4、5年生の時にはクラス全員の代表として、学級委員に選ばれたこともあった。
学級委員といえば、基本的にはクラスで一番勉強ができる生徒がなるものではなかろうか。

今でも「勉強しなくてもなれるものなのか」とものすごく不思議に思うときがある。


あらためて言うまでもないが、体育の時間は好きだった。

このときから走るのが得意であった。

この教科だけは誰にも負ける気がしなかった。

私が憧れていたのは、河井先生だ。

河井先生は体育系大学の出身者で、走るのがとても速かった。

先生に追いつけ、追い越せと、よくがんばった。

それでもどうしても勝てなかった。

本当は河井先生にクラス担任になってほしかったぐらいだが、私のクラスの担任は残念ながら年配の方であった。

遊んでくださったことはほとんどなかったため、この先生の思い出は記憶に残っていいない。

至誠心というは真実の心なり
誠実に生きることは、他人だけでなく自分に対しても真実の心で立ち向かい、言葉、行動、心の中をすべて一致させることです。
そうすることで初めて、自分が進みたい道を歩むことができるのです。　法然

第一中学校へ入学

明倫小学校を卒業し、第一中学校に入学した。

まず驚いたことがあった。

配属されたクラスが特別学級であったことだ。

もちろん、私は健常者である。

クラスの人数が異様に少なく、クラスメイトは著しく学力が低く、普通の学習が難しい生徒達で占められていた。

不思議で仕方がないが特別学級に入れられた原因としては、小学校の担任から中学校へ

の引き継ぎ事項であったとしか考えられない。

おそらく私を「手に負えない生徒」だと中学校側に連絡していたのだろう。

ただ、一カ月が経過した5月のゴールデンウイーク明けには、学力テストや適性検査によって、ようやく普通のクラスに戻ることができた。

> **超世**
> すべてを受け入れて生きていくこと　親鸞

さて、クラスが決まればいよいよ部活動決めである。

どの部活にしようか迷っていたところ、体育館のテレビで上映があった。

東京オリンピックのマラソンで優勝したエチオピアのアベベ・ビキラ、イギリスのベイジル・ヒートリー、そして日本の円谷幸吉3人が争ったレースのものである。

国立競技場に戻ってきてからのヒートリーと円谷さんの死闘を見て、涙がでるほど感動した。

もともと走るのには自信があったこともあり、その日に陸上部への入部を決断した。

この時は、まさか6年後に自衛隊体育学校に入校し、その円谷さんの後輩になることは、知る由もなかった。

初レース

陸上部に入部したはいいものの、どのように練習すればいいかよくわからなかった。専用靴すらもっておらず、完全に小学校の運動会のノリであった。最初は、裸足で上級生の短距離走の練習に混じっていただけだ。それが終わると、部室前の砂場で、走り高飛びをして遊んでいた。もしかしたら、走っていた時間よりも、この走り高飛びの時間のほうが、時間が長かったかもしれない。ほぼ練習はしていなかったと言ってよい。

ほどなくして、最初の中体連の試合が近づいてきた。距離別の種目に分かれていたが、自分に合ったものがどれかわからなかったので、800mを選択した。

試合前の練習で、先輩達に野外走に連れて行かれた。案の定、まだ靴を履いていなかったので、素足の裏はひどい状態になり、これが陸上競技人生で初めての痛み、となった。

流石にがまんできず、その夜のうちに「靴を買ってくれ」と母に頼んだ。

数日後には買ってくれたのだが、それはシューズの底が黄色いゴムの、いわゆる体育館シューズであった。

当時の私はそれが体育館シューズとも知らず「これが自分の初めての陸上シューズか」と感激し、大事に扱おうとおもって履いた。

そして、当日。

結果は2分36秒5の記録で優勝であった。

枚方市の中学1年生限定とはいえ、ろくに練習していない状況でいきなり優勝してしまったのだが、特に戸惑うことはなかった。

とにかく、試合に出て走ったら勝ってしまった、というのが初レースであった。

思い出のシューズ

中学校の恩師との再会

１１月の大阪府中学駅伝では２０００ｍを走ることになった。

区間２位を受賞した。

大した努力をせずとも面白いように結果を出せるので、気をよくした私は、これ以降どんどん陸上にのめり込むようになっていった。

当時の陸上部の顧問は森井先生という方だった。

新任１年目の先生であったので、年齢はおそらく１０歳ぐらいしか離れていなかっただろう。

私は第一中学校には1年生の２学期までしかいなかったので、在学中にお話する機会には恵まれなかったのだが、思いもよらぬ形で再会することとなる。

それは、私が龍谷大学で陸上部の監督をしていた時のことだ。

試合で大阪に来ていたとき、運動公園内を歩いていると、ある男性とすれ違った。

気になったのでよく確認してみてやはり「間違いない」と確信した。

第一中学校在籍時から４５年間が経過していたが、面影がしっかり残っていた。

そこで勇気をだして、

「もしかして、森井先生ですか。第一中学校の1年生だった西出ですが、覚えていらっしゃいますか」

と、声を掛けると、先生の顔がほころんだ。

案の定、本人であったのだ。

付近のベンチに座って話したところ、どうやら私のこれまでの競技歴を、私が転校して以降、陸上部の生徒に伝えてくれていたらしいことが判明した。

「わが校の先輩に西出という生徒がいる。箱根駅伝も走っているぞ。みんな、西出を目標とするように！」

と、最初に出場した試合でいきなり優勝したり、自衛隊体育学校へ入校したこと、東海大学にはいり箱根駅伝を走ったこと、すべてを話してくれていたそうだ。

1年に満たない付き合いだったにも拘わらず、45年間経っても顔を覚えてくれていたこと、そしてその後の私の競技歴を知ってくれていたことは、喜ばしい限りである。

生徒冥利に尽きる。

宿業
「縁」によって生かされている自分の姿　親鸞

中学二度目の転校

中学1年生の三学期で、第一中学とはお別れとなった。

私だけが家族のもとを離れ、宇治田原の祖父母宅に身を寄せることになったからだ。

転校先は、宇治田原町立維孝館中学である。

早速陸上部に入部しようとして、放課後グラウンドを見に行った。

だが、どこを探しても陸上部員らしき生徒はいない。

「…」

嫌な予感は的中した。

この学校には陸上部がなかったのだ。

ある先生から「サッカー部へ入部してはどうか」とお声をかけていただいたが、それは断った。

いろいろ考えた末、自分一人で練習することにした。

ようするに自主練である。

そのコースは宇治田原の岩山から、奥山田の小学校までの往復である。

所要時間は、片道約30分間といったところか。

他の部活の助っ人と共に、駅伝に出場

2年生になって嬉しいことがあった。

1歳下のいとこが同じ中学に入学してきたのだ。

そこで、いとこを説得した。

「あ、ああ。まあちゃんがそこまで言うのなら入部してもいいよ」

「ほんとか、ありがとう。めちゃくちゃうれしいわ」

「ついでに頼みがある」

その勢いで彼の友達を紹介してもらい説得した。

ついに陸上部創部にこぎつけることができた。

もちろん、いとこはランナーと呼べるレベルの走りではなかったが、私としては創部さえできれば目的を果たしたことになる。身内に贅沢をいうわけにはいかず、それで充分納

得した。

試合では、府下大会、近畿大会へ出場することができた。

駅伝では郡大会、山城大会で優勝した。

つぎに福知山で開催された京都府駅伝にも出場した。

多人数が必要となる京都府駅伝に出場できたのは、他の部活から〝助っ人〟を呼んできたからだ。

メンバーを招集してくれたのは美術の大西先生である。

維孝館中学は、陸上部がなくとも駅伝へは毎年出場していた。

それは他の部活の足の速い生徒を選んで出場させる習わしだったのだ。

私の代でも、サッカー部や野球部の足の速い連中を調達できた。

中学駅伝はひとりあたり2～3km走る。

私は1区を走り、トップで次に繋ぐ作戦を実行した。

なぜか。

駅伝というのは〝流れ〟が勝負の大勢が決定する。

チームで一番速い選手を最初にもってくるのが定石である。

駅伝は、たとえあまり速くない人が後者にいても、自分より前の者が好順位でタスキをつないでくれると、そのままその人も好順位で走ることができる。

だから遅い人が速いチームに入れば、ある程度どうにかなる。

逆に個人記録が速い人が、遅いチームに入ってしまうと、遅くなってしまう。

一度流れに乗ることができれば120％で走ることができるため、試合当日におもわぬ記録が出たりするのが、駅伝なのである。

京都府駅伝は5位入賞という好記録の末、幕を閉じた。

まことに一事をこととせざれば、一智に達することなし
一つのことを徹底的に磨き上げなければ、成長できません。それほど、学び、理解することは厳しい道なのです。
道元

祖父母との暮らし

いっぽう、血が繋がっているからといって、祖父母宅での生活は快適とはいかなかった。

完全に他人の家という感覚である。

申し訳ないが、祖父母に気を許したことはない。

彼らとしても、一応の寝場所と飯の材料ぐらいは提供するが、私を家族の一員として温かく迎え入れる、という雰囲気ではなかった。

とくに辛かったのが、私に対する四男の態度だ。

最初は一緒の部屋で寝ていたのだが、明らかに嫌そうな態度をとられた。

直接的な嫌がらせこそされた覚えはないが、露骨に嫌な態度をされるのは辛いものがあった。

なので、祖父と一緒の布団で寝ることになった。

が、これも苦痛だった。

祖父は夜尿症があり、悪臭が漂う布団で寝ざるをえなかったからだ。

これがあまりにも酷だったので、夜はその布団から抜け出し、茶畑の小屋で霜を防ぐための藁でできた「こも」にくるまって寝たことが何度かあった。

冬はとても寒く、とてもがまんが続くものではない。

はやく中学を卒業したかった。

ほかにも、祖父母との生活は、上げ膳据え膳とはほど遠いものがあった。

風呂や飯の手伝いは当たり前であり、土日は家の仕事を手伝っていた。

山に入ってしばを拾い、割木用の木を引いて山を下ってくる。

割木用の木はかなり太く、手に持って移動するのは不可能であるため、引き摺らざるを得ない。

ただ、私の場合、陸上のトレーニングと割り切っていた。

それで、場合によっては一度に2本を持ち帰ることがあった。

その後、割木用の太い木を適当な大きさに割る。

虫などが稀にくっついていたが、なんのことはない。

これを、飯を炊く竈の火、風呂を沸かすための薪《たきぎ》に使っていた。

食事は、祖父母が野菜中心の煮物を多く作ってくれた。

特に美味しかったのは、サバ缶のカレーライスだ。

しょっちゅう出てくる訳ではなく、盆正月にしかありつけなかった。

他のご馳走といえば、ニワトリであった。

庭で飼っていたので、めでたいことがあった時などは、それをすきやきにして食べることができた。
ニワトリの生みたての卵を使った卵かけご飯も、楽しみの一つであった。醤油を多い目にかけ、1個の卵でご飯3杯食べていた。

此世の人、来たと思えば、苦労も無し

何かつらいことがあって、生きているのが嫌になったときは、私たちにとってこの世界は一時の住処、お客さんなら、おいしくない食事もおいしいと言って食べなければなりませんし、暑くても我慢をしなくてはなりません。一緒に暮らす人々もお客さん同士。そう思って仲良く笑って暮らすほうが円満に行くのです。　沢庵

京都商業高校へ進学

3年生の2学期になった。
そろそろ進路を決定しなければならない時期がきたのだ。
ありがたいことに、4校からスポーツ推薦がきた。

宇治高校、大谷高校、東寺高校（現洛南高校）、そして京都商業高校（現京都学園高校）である。

いずれも名門校であったが、私の本命は東寺高校への進学であった。

その手はずは整っていたのだが、急遽、京商へ進学することが決まった。

というのは、京商のスカウトの先生が維孝館中学側に連絡し、中学の全校生徒を体育館に集めた。

そこで陸上の映画鑑賞を行ったばかりではなく、グラウンドで全校生徒が見守るなか、ベルリン五輪１００００ｍの村社構平さんと私がジョギングしたり、私が２００ｍを１０本ほど走り、それを解説するといった催しを企画してくださったためである。

ここまでしていただいたら、さすがに断りきれない。

選択とは、すなわちこれ取捨の義なり
私たちが何かを選びながら生きています。
人生の進路のような大切なことまで、常に選ぶことに直面しています。
何を選ぶかよりも、自分が何を捨てるべきか。
そう考えると自分にとってより正しい選択に近づくことが出来るでしょう。
法然

さて、京商である。

京都有数の名門校だけはあり、先輩は全国でも上位に食い込むレベル、同級生も京都ではトップクラスの選手が揃っていた。

また、コーチと同じアパートで暮らすことになり、毎日一緒に朝練をこなすという、かなりハードな高校生活がスタートした。

コーチは大卒1年目の現役選手である。

コーチと一緒に朝から60分間、速いスピードで野外走をし、朝練後は監督宅で朝食を頂いた。

授業後にももちろん本練習があった。

夏の強化合宿はさらに練習が本格化した。

天橋立の砂浜２００ｍを５０本、松並木沿い２ｋｍを１０本、最終日には丹後半島１周など、距離にして１００ｋｍ以上走ったのではなかろうか。

今にして思えば、実業団顔負けの練習量であった。

迎えた秋の高校駅伝では６区を任された。

区間賞をとった。

チームも総合優勝となり、１年生にして初の全国高校駅伝に出場することとなった。

全国でも同じ６区５ｋｍを担当、総合１２位にまで食い込んだ。

中学まではチーム内のライバル不在のため、あまり張り合いを感じられなかった私にとって、初の全国出場という舞台はとても良い刺激となった。

伸び悩みの時期

厳しい冬季練習の後、２年生にあがる前には高校の寮（宇多野学舎）へ引っ越した。

寮には投擲《とうてき》、長距離の先輩方がいらっしゃったので、コーチとマンツーマンの監視体制、という雰囲気ではなくなり、気分的には少し楽になったように思う。

しかし、2年生で初めてのことを経験した。

伸び悩みである。

京都予選5000mを5位で通過し、近畿大会に出場するも、近畿大会では決勝で13位となり、全国出場を逃してしまった。

練習不足だったわけではないのに、思うような成果が出なかったため、かなり精神的にこたえた。

この結果をうけ、さらに努力すべきと踏んだ私は、それまで以上に練習に勤しむことにした。必然、その内容は夏の強化合宿よりもハードなものとなった。

しかし、努力に比例してなかなか報われない展開が続く。

私は3区8km担当となり、区間賞で中継した。

6区までトップを継続し、最終区である7区にトップでタスキが渡った。

渡った時点では2位と2分の差があったが、アンカーがラスト150mで転倒してしまった。

チームメイトからの必死の呼びかけでなんとか起き上がったものの、その後も転倒を繰り返し、2位の高校にラスト50mで抜かれ、全国を逃してしまった。

どうやら緊張し、脱水症状を起こしていたようだ。

３年生になると、強かった先輩達が引退し、部の戦力が大幅に下がってしまった。駅伝では、去年の反省を受け、慎重なレースを展開したが、それが災いしたのだろうか京都予選２位に終わり、全国大会出場はならなかった。

ただし個人戦では、京都予選５０００ｍ２位、近畿大会を5位で通過し、全国大会に出場することができた。

結果としては予選8位で、決勝進出こそならなかったが、全く結果を残せなかったというわけではなかったので、幾ばくか安心した。

最終レースの福知山マラソンでは、高校生部門の１０ｋｍで優勝した。

コーチも一般２０ｋｍの部で優勝した。

ダブル優勝という快挙であった。

炎は空にのぼり、水は下りてさまになる
炎は空高く上り、水は海に流れて下っていきます。これは自然の摂理です。自分にとって大切な事を懸命にやっていればその結果として充実した人生が送れます。
法然

京都産業大学から自衛隊体育学校へ

高校卒業後の進路は、大学進学か就職か大いに迷った。

最終的には進学を決意し、京都産業大学法学部に入学した（ちなみに、同級生には、かの有名な笑福亭鶴瓶、歌手のあのねのねがいた）。

戦績としては関西学生駅伝、インカレに出場できたがネックがあった。

長距離を専門にしている指導者がいなかったのだ。

高校時代に伸び悩んだ私には、これは思いのほか辛かった。

また経済的な理由からも行き詰まりを感じており、10月に中退することとなる。

せっかく大学に入学したのに中退となってしまい、この先の進路はどうすればよいのか決めあぐねていたところ、思わぬ転機が訪れた。

当時、大阪～福岡間の駅伝が開催されており、私は京都チームのメンバーとして参加していた。

そのメンバーに自衛隊体育学校から日本体育大学へ進学された田中先輩がおられ、この方に学校の様子を詳しく聞くことができた。

陸上班に所属すれば、陸上競技でオリンピックをめざすための、極めて実践的な訓練をしているらしい。

それに、その体育学校は自衛官なら誰でも入れるわけではなく、毎年何百人いる希望者の中からほんの数名だけが選ばれるという過酷なものであった。

ただ、体育学校からは東京オリンピック重量上げ金メダリストの三宅義信、そしてあの円谷幸吉などを錚々たるメンバーを輩出しており、

「是が非でも入りたい」

という思いが強く芽生えた。

この日体大の先輩との出会いにより、自衛隊に志願することを決めた。

煩悩成就
腹を決めて生きる確信　親鸞

自然法爾
「あるがまま」の人生を生きる　親鸞

本願他力
ただ聞きただ出会っていくしかない。
自分は一人で成り立っているのではない。
皆に助けられながら生きている。　親鸞

自衛隊での戦闘訓練

11月〜1月まで、自衛隊前期教育として滋賀県の大津市で生活することになった。

通常の訓練だけでも相当大変なのだが、競技力を落としたくなかったので、区隊長から特別に許可をいただき、朝5時に起きて40〜50分間、朝練習を敢行することにした。

そして6時前にはもう一度ベッドに戻り、他の隊員と同様に起床した。

一日の訓練は8時半からはじまり17時で終了する。

内容としては、内務点検に体力検定、射撃や銃剣道を中心とした戦闘訓練であった。

内務点検とは、ベッドシーツの張り方、ハンガーにかかっているシャツ、洗濯物など、3足の靴が綺麗に磨かれているか、などを上官に確認されることを指す。

自衛官は、体力系統の訓練だけでなく、生活態度全般が重視される。

「生活の乱れは、心の乱れ」「靴の光は心の光」というわけである。

私は座学こそ苦手であったが、体を動かすことは幼少期から得意であり、自衛隊でするような戦闘訓練も例外ではなかった。

ソフトボール投げや懸垂《けんすい》、持久走、土嚢《どのう》などの定期的に行われるテストは、常にトップの成績であった。

射撃や銃剣道なども、一旦コツを掴んでしまえば負けることはなかった。

射撃は、上手な先輩から「霜が降りるが如く引き金を引くべし」というコツを教わった。

これは霜ができるように「自然な動作で引き金を引くと命中する」という意味である。

引き金を自分の意思で引くというような感覚ではなく、気がつけば引いていた、というのが理想なのだ。

銃剣道については、長期戦に持ち込むことを得意とした。

立ち合いの際には防具を装着することは皆ご存知の通りだと思うが、実は着けているだけで苦しいものだということはあまり知られていない。

私は長距離の選手であるので、肺活量には自信があった。

長期戦になればなるほど、対戦相手の動きが、目に見えて悪くなってくる。

その頃合いをみはからって、一撃で仕留めるのだ。

この戦法を採用してからは、ほとんど負けた記憶はない。


射撃や銃剣道など、通常訓練が終わったらもういちど陸上の練習である。

それは1時間ほどかけて駐屯地の外を何周か走るものだ。

風呂は7時までに閉まってしまうため、練習を終えてから直行した。

湯は限られた量しかなかったため、私が風呂に着く頃には悲しいかな、膝下ぐらいまでしか湯が残っていなかった。

風呂から上がった帰りの売店で夕食を済ませる。

そして、部屋に戻って内務点検の準備をする。

前期訓練のおよそ3カ月間は、駐屯地から外出する暇はないハードな生活であった。

ただ、体力検定、内務点検、学科などの成績を評価されたのか、この年、第二教育団長賞・2級賞詞の表彰を受けた。

これは教育隊200名のうちたった1名しか授与されない栄誉ある賞だ。

非常に誇らしかった。

東京の31普通科連隊後期教育隊

前期教育が終了した。

ありがたいことに、後期教育は、東京の31普通科連隊後期教育隊にてはじまることが決定した。

本来は同期達とおなじく関西配属で後期教育が始まる。

幸いにも東京への配属がきまったのは、区隊長・教育隊長の計らいであった。

体育学校は31普通科連隊後期教育隊と同じ駐屯地内にあり、私の目標が体育学校であることを汲んでくださったのだろう。

それどころか、私が国鉄（現JR西日本）大津駅からまさにカバンひとつで東京に向かおうとする時、班長・区隊長のおふたりはわざわざ見送りにきてくださった。

私はこのご厚意に、車中で涙するのであった。

当時は京都～東京間を各駅停車の汽車で向かったため、片道10時間は要した。

長旅の道中、様々なことが頭をよぎった。

まず、東京に知り合いはひとりもいない。

かなり不安であったが、体育学校に入校したいという気持ちが勝った。

そして、あの円谷さんを指導した監督というのは、一体どのような人物なのか。

この監督に鍛えてもらえれば、自分もさらに競技力を高められるのではと、期待に胸を膨らませるのだった。

東京に着いた。

後期教育では、夕方5時に課業が終了するのは変わらないが、朝練は認められなかった。

そこで夕方5時から60～80分間毎日走ることにした。

この時同じ駐屯地で体育学校の学生が走っているのを見かけた。

「憧れの体育学校に一歩近づいた」と感じ、練習にも自然と熱がはいる。

体育学校への入校条件をより詳しく調べたところ、1年のうち3カ月間、自衛官の中でも走ることに長けた者達が集まり、そこで集合教育が実施され、その中からさらに優秀な者が数名だけ選ばれる、とわかった。

かなりの狭き門だが、現状ではまずその集合教育に入り、選ばれるしかない。

だから、より一層自主練に励もうと決意した。

しかし、ここで新たな難問がでてきた。

まずは後期教育で団長賞を取ろうとしたが、じつは私だけが関西からの入隊であり通常よりも2週間、配属が遅れていたため、対象外とのことであった。

「…」

言葉にならなかった。悔しかった。

しかも、この集合教育に志願できるのがさらに一年後というのを知ったときは気が遠くなる思いがした。

だが、ここで思わぬ救いの手が差し伸べられる。

後期教育が終わる2週間前に「体育学校陸上班の畠野監督が来られているから区隊長室に来い」という呼出があった。

憧れの監督に会えるのは嬉しかったが、何の用かわからず困惑しながら監督と面会した。

「西出君。私は君をよく見かけるのだよ」

「どこで、でしょうか」

「課業終了後、毎日駐屯地内を一所懸命に走っているじゃないか」

なんと、監督は私が課業終了後に毎日走っているのを見て下さっていた。

そこで特別に体育学校へ入校を許可したいとのことだった。

わざわざ選手枠をひとり開けて、私の席を確保するとのこと。

「努力は報われる。誰かが必ずみていてくれる」

私はこの僥倖《ぎょうこう》に飛び上がらんばかりに喜んだ。

修行とは、われを尽くすことなり
どんなことでも成長するための努力は欠かせません。どう努力してもうまく行かないときもあります。
自分を捨て去ろうとすることが成長するための努力です。　鈴木正三

自衛隊体育学校へ入校

後期教育終了後直後の5月、憧れだった体育学校に入校した。

自衛隊体育学校は1961年、陸海空自衛隊の共同機関として陸上自衛隊朝霞駐屯地に、「部隊等における体育指導者の育成」、「オリンピック等国際級選手の育成」を目的として創設された学校である。

所属はもちろん、陸上班である。

他にもレスリング、ボクシング、柔道、射撃（ライフル競技・ピストル競技）、アーチェリー、ウェイトリフティングなどの種目があり、創設以降オリンピックにてメダルを20個獲得した実績がある。

大津の教育隊でお世話になった方々、そして31普通科連隊でご指導いただいたすべての方に感謝するとともに、皆の後押しに恥じぬよう、より一層励まなくてはならないと決意を新たにした。

しかし、その新たな決意は急速にしぼむ。

現実は残酷であった。

残念ながら、陸上のみに専念できる環境ではなかった。

私は先輩達のマッサージ係に任命された。

精一杯の指の力、腕の力をこめ、先輩達の全身をマッサージする。

1時間、2時間経っても終わらない。

後は、くたくたになって寝入るだけである。

これが毎夜続いた結果、背筋に無理が生じてしまい、高いパフォーマンスを発揮することができなくなってしまったのである。

現在の体育学校には専門のトレーナーが在籍しているが、昔は存在せず、先輩へのマッサージが一番下の後輩の役割となっていたのだ。

「ならば2年目こそは…」

と思ったが、翌年入ってきた後輩ふたりはそれぞれ東洋大学・国士舘大学に進学しており、夜間は通学することとなったため2年目もマッサージ係となってしまった。

がっくりと肩を落とした。

この年は東日本実業団駅伝を走らせていただけることになったが、すでに私の体は走れる体とは言えないものになっており、思うような結果がでなかった。

せっかく強くなるために体育学校に来たのに、マッサージ係になってしまい、競技力が低下してしまった。

「人生というのは計画通りいかないものだな…」

辛い現実を突きつけられていたところ、いつも仲良くしていただいていた平山紘一郎先輩から「レスリングを始めてはどうか」とお誘いの言葉を受けた。

少し心が動いた。

長距離走に対するモチベーションがかなり低下していたため、最後に一度北海マラソンを走り、結果が悪ければレスリングに転向しよう、と。

しかし、このマラソンでかなり良いタイムが出てしまった。

「このまま長距離を辞めてしまうのはもったいないのではないか」

という思いが再び湧きだした。

その時浮かんだのが、大学を中退した直後に出場した、駅伝の京都チームの先輩の経歴だった。そういえば、その先輩も体育学校から日本体育大学に進学されていた。

当時私は既に２１歳となっており、これ以上無駄に時間を過ごすことはできない。

ここに至るまで多くの方々にお世話になった手前、非常に心苦しいものがあったが、悩みに悩んだ末、自衛隊にこだわる理由がみつからなかった。

「やるしかない。やろう」

と、大学進学を決意することとなった。

自力の迷心

「迷い」は自分に執着する心から生じる　親鸞

進学希望先は、当時陸上の強豪校であった大東文化大学・日本体育大学・日本大学・東海大学の4校ほどを候補に挙げた。

そのうち自分の走力とちょうどよいと思ったのが東海大学であった。

この2年余りでの貯金額が60万円ほどあったので、この貯金と在学中のアルバイトでやりくりしようと考えた。

かなりハードな学生生活になることが予想されたが、やむなしである。

「それでもあの地獄のマッサージ係と比べれば、背に腹は替えられぬ」

といったところであった。

東海大学へ入学

東海大学には21歳での入学となった。

普通の大学生より3つも年上なので多少の気後れはあった。

が、ちょうど実業団のリッカーから1歳年下の新居利広君も入学してきたため、少しほっとした。

新居君は全日本実業団選手権のジュニア５０００mで優勝しており、私の目標となる選手であった。

後に彼は東海大学の監督に就任し、箱根駅伝、全日本大学駅伝で活躍することとなる。

ありがたいことに授業料は免除での入学となったが、寮の費用が夕食付きで一カ月２７０００円であったため、やはりバイトをして稼ぐ必要があった。

さっそく5月から大磯吉田邸（元吉田内閣総理大臣宅、当時西部開発が所有）で警備のバイトをはじめた。

内容としては、1時間に1回、邸宅の周囲を見て回る警備である。

千葉県の鋸山から太平洋までを一望に見渡すことができ、大変景色の良い場所だった。

1周で２０分間かかるため、警備が終わると近くでおかずを買い、守衛室においた炊飯器で、米を炊いて晩飯としていた。

ここで1カ月３５０００円が支給され、寮費を払い終えたあとの８０００円が昼飯代となった。お金が足りず、おかずすら買えなくなった時は、夕食の余りを昼飯に回すこともあった。

予想通り、朝練・学業・本練習・アルバイトといったハードな学生生活となった。

しかし、これは自分で選んだ道であり、貯金に余裕があるわけではないため、引き返すことはできない。

競技力を向上させたいという一心のみに突き動かされてのことだ。

ただ、体育学校の頃に比べ、はるかに自分の練習時間を確保することができるようになったからその目的だけは果たせたといえる。

だが、その分、数年後を見据えた計画的な練習が求められた。

また、２１歳ということで、学年こそ1回生だが、年齢的には4回生相当なので、年齢相応の実力が求められる。

なので入部当初から緊張感を持って練習に望んだ。

5月の関東インカレでは、２０ｋｍと３０００ｍ障害に出場した。

チームは当時まだ歴史が浅く2部での出場だったため、チームに貢献したと言える成績を残すことができた。

夏合宿は2回行われた。

1回目は経済的な理由で参加を見送ることとなった。他の部員全員合宿に参加するなか、私だけグラウンドでひとりさびしく練習していた。2回目は選抜合宿のため、合宿費を学校が負担してくれることになり、参加することができた。新潟県で行われたその合宿では、充分満足のいく練習ができた。

まどえる人の楽と思うは、苦をもって楽と思えるなり
誰もが楽しく生きたいと思っています。苦労をしていても、良心を実現し、真理に近づこうとするなら、それは本当の楽しみであり、幸せです。　鉄眼道光

そして迎えたのが箱根駅伝である。

私は東海大学の地元である、平塚〜箱根湯本までの21km、4区を担当した。

1区の選手が好走し区間1位となることで、良い流れが生まれた。

2区も健闘し3位、3区も順位を維持して3位、そしていよいよ私の出番だ。

「責任重大だな。順位だけは落としたくない」

とかなり緊張していたが、なんとか順位を守り抜き、3位で往路アンカーの5区へタスキを渡すことができた。

5区の山登りは1年生が担当であった。

ハードなコースであり、かつ責任が重くのしかかるので不安であったが、東海大学の自己記録を更新する6位で芦ノ湖のゴールへ飛び込んできた。

その勢いで復路も健闘し11位でゴール、総合6位となった。

東海大は晴れて有数の強豪校として全国に知れ渡ることとなった。

この記録こそが、東海大学陸上部の「始まり」とも言える駅伝となった。

体育教師になりたい

駅伝を経験できたことで、関東学生の競技力を体感することができ、以降の練習目標をより明確にすることができた。

自分なりに通年どのような練習計画にするべきなのか考えた。

大学陸上部の一連の流れとして、関東インカレから箱根駅伝をピーク調整するようにして1年が周り、その間に、試合に向けて練習、調整するというサイクルにすべきという結論にたどり着いた。
以降は毎週土曜日に３０ｋｍ走が基本の練習となった。
この頃、朝練習も重要であることがわかった。
そこで、バイト先までの行き帰り１６ｋｍも走るようになった。

この頃から大学卒業後の進路を真剣に考えるようになった。
答えはすぐにでた。
体育教師である。
「学生とともに、自己を研鑽し続けたい」
との思いがあった。また、中学高校で指導者にあこがれていたこともあり、
さらに、このまま大学を卒業して実業団に入ったとしても、年齢的に、現役選手として
やっていけるのはせいぜい1年か2年程度であることも目に見えていた。
教員免許の単位取得のため、さらに忙しくなった。
小学校中学校で勉強してこなかった分を取り戻そうという思いもあった。

成績評価

A：100点～80点
B：　79点～70点
C：　69点～60点
$：合　格
S：認　定

必選別コード

0：必修科目
1：選択必修科目
2：選択科目
3：卒業単位に含まれない科目

卒業単位数	134
取得単位数	183

東海大学の取得単位数

そこで、授業では必ず〝最前列真ん中の席〟に陣取るようにした。先生の言葉が耳に入りやすいし、集中力が持続しやすかったからだ。

いつのまにか誰もそこに座らなくなり私の〝指定席〟となっていた。

2月には、地元神奈川の郡市対抗駅伝で、秦野市の代表として走り、区間賞をとった。

この結果が評価されたのか「3年後には秦野市役所を将来の進路に入れて欲しい」と誘われたが、教師になりたいという気持ちはぶれなかった。

病院での夜間バイト

2回生になった。

本練習はもちろん朝練の強化・継続を念頭におき練習を重ねていた。

関東インカレは1部での出場であったが、周囲のレベルはかなり上がっていたおかげで、残留が決定した。

箱根駅伝では復路の最長距離である9区を担当したが、後半にかけて思うような走りができず、苦しいレースに終わった。

3回生になり、学連への登録問題が発生した。

というのは、当時は学連に4回しか登録できないという規則があった。私は一度京産大で登録していたので、3回生か4回生、どちらかを学連ではなく、個人登録にする必要が出てきたのである。

最終学年で箱根駅伝を走りたかったので、3回生を個人登録にし、福岡国際マラソンに照準を合わせることに決めた。

福岡国際は、世界大会の選考レースとしてトップランナーが集う、国内有数のハイレベルな大会である。挑戦するには申し分なかった。

アルバイトは、警備から病院の夜間受付に変更した。

この年に東海大学医学部付属病院が建てられ、陸上部の部長から「楽なバイトがある」

と紹介してもらったのだ。

給金は月３５００円と、前回と変わらなかったが…。

「ただ受付で寝ていればいいから」

と言われていたが、実際は寝る時間はなかった。

思ったより患者さんの数が多かったのと、患者さんが来院されたら、受付を済ませて帰られるまでは、寝て待つことはとてもできない。モラルの問題である。

受付といえども職員であり、患者さんにそのような姿を見せると病院のイメージが悪くなってしまう。

１人あたりおよそ1時間は起きている必要があったため、５人来院された場合は都合5時間起きていなければならなかった。

あるときは、救急車から「受け入れてくれる病院がなく、たらい回しにされている」と電話がかかってきた。

顔面挫傷とのことだった。

私は医療に関しては全くの素人であり、気の毒に思ったので独断で受け入れることにした。

しかし、患者は顔面挫傷ではすまないほどの重症であり、病院についてまもなく亡くなられた。この件は病院側からひどく怒られた。

ただ、いまでも胸を張って言えることがある。

このような夜勤の翌日でも決して朝練を欠かさず、一度たりとも授業を休むことはなかった。

学問するは、心を直さんがためなり
勉強は、現実的な目的を持っていることがほとんどです。
時には現実的な目的、つまり欲を離れて心をまっすぐにしようと言う気持ちで学ぶことで、人間としての成長をうながせるのです。
叡尊

福岡国際マラソン出場

いよいよ12月の福岡国際が近づいてきた。

往復の交通費確保だけで、一苦労があった。

試合2週間前から土日に引越センターのバイトで30000円稼ぎ、当時顧問だった有吉先生から餞別として1000円いただき切符を購入した。

また、宿泊代がなかったので、有吉先生が友人の福岡大学の田中先生にお願いしてくださり、生理学研究室のソファーを貸していただけることになった。

ソファーの上で寝袋にくるまって夜を凌いだ。

だが、ここまでが限界であった。

食事に回せるお金がない。

当日の朝食はあんパン1個であった。そんな栄養状態でレースにのぞまざるをえなかった。

スタートの号砲が鳴った。

レースは、折り返しを過ぎた25km地点までは、5年前の福岡国際覇者であった宇佐見彰朗先生（東海大学名誉教授）、箱根5区の4年連続区間賞を取った〝元祖山の神〟大久保初男さんの後方につくことができていた。

しかし「さあ、ここから」といったところで空腹からくる寒気に襲われ、本調子が発揮できなくなってしまった。

低血糖症であった。

それでも何とか平和台競技場の坂をのぼってゴールした。

記録は、２時間２３分２２秒、１０８人中４２位であった。

万全の状態であれば、あと5分は短縮できたと思われるほど出来は悪くないレースだった。大いに悔やまれた。

ちなみに、宇佐見先生は１８分台、日本人で一番速かったのは当時速かった宗兄弟の弟、宗猛選手は１２分台であった。

> 大という心をしらんとならば、まずわが小さき心を尽くすべし
> 良いものになろうとするより、心の中を見つめ、悪いものをなくそうとすることが、良いものになる近道なのです。一休

瀬古利彦選手とのデッドヒート

４回生になり、学連に再度登録した。

また、教職課程の単位として、

6月に教育実習があった。

実習先の学校は、懐かしき宇治田原町立維孝館中学校であった。

ここに1カ月お世話になった。

実習生は卒業生の女子3名、男子は私1名だった。他の実習生は私より5つも若かったので、しっかりせねばと緊張していた。

2週目からは指導教官なしのひとりきりで授業することとなり、不安であった。しかし、担当教科が保健体育（バレーボール・陸上競技）であったので、特に問題なく楽しい実習として終えることができた。

教員という職業に対して、よいイメージがもてた。


大学に戻り、忙しい生活に戻ったが、私は大学生活最後の箱根駅伝をとても楽しみにしていた。

この年の箱根は、前年で東海大学はシード権を逃しており、予選会からのスタートとなった。

予選会といえど、1000人規模の学生からなるレースである。

コースは、私が好きなアップ・ダウンが激しい２０ｋｍであった。

私は幼少期から中学生にかけて、ずっと近所の野山を走りながら育ったため、むしろ起伏の激しいコースのほうが得意だったのだ。

このレースは、走る前から自信があった。

前半から積極的に先頭集団で走り、人数が絞られた。

１０ｋ地点を過ぎると早稲田大学の瀬古利彦君、同級生の新居君との三つ巴になった。

私はアップダウンの激しいコースの勝ち方を知っていた。

普通の選手は、登りにスパートをかけ、下りはその頑張った分、少し楽をしようとする。

私の場合は、下り切るまで継続的にスパートをかける。

その分下りきってからはかなり疲労するが、そこからは精神力でなんとか逃げ切るのである。

とくに、この方法は自分が先行しているときに有効であった。

追いかける相手からすると、私が登りでスパートをかけたから、下りは疲れて近づくだろうと思い峠を越えてみると、なぜか逆に遠のいてしまっているように見えるのだ。

実際に、私が登りでスパートをかけると、瀬古君がなんとかついてきた。

さらに下りもスパートをかけると、瀬古君と距離がひらいた。

あとは我慢の走りをした。

結果は1時間2分21秒で1位となり、コース新記録を達成。

目標としていた新居君、そして後に日本陸上界のスーパースターとなる瀬古君に勝ったという、私の陸上人生のなかでも特に思い出深いレースとなっていた。

亀鏡なければ我が面をみず、敵なければ我が非をしらず
ライバルとは、自分の姿を映し出す鏡のようなもの。
ライバルなくして成長を望むのは、鏡なしで顔についた汚れを見つけようとするのと同じです。
日蓮

4回生最後の箱根駅伝

最後の箱根駅伝（第53回）が迫った、その前日。

私は1区、新居君は2区を担当することが決まっていた。

高輪の宿舎に移動する前に、私は新居君に
「必ず前（前方集団）でタスキを渡すから、頼む」

と伝えた。彼は大きくうなずいて了承してくれた。

私達4回生にとって、最後の箱根に対する思いはとても強かったのだ。


当日は、何の緊張もなしに「さぁこい」といった気分でスタートした。

1kmを過ぎたあたりで、日体大の石井君（1500mの日本記録保持者）が先頭に立った。

誰も追おうとする者はいなかった。

おそらく走っている誰もが「余裕を持った状態で前集団を維持し、レースの流れに対応すること」を考えていたからであろう。

16km過ぎから、前を走る日体大を農大、中大、順大、そして東海大の私が追う展開となった。

その後順大、農大が離れ、中大と私が併走して日体大を追う。

ラスト１ｋｍで私が中大の前に出ようとしたが、日体大を捉えきれず、少し失速してしまう。

それでもなんとか中大に追いすがり、胸ひとつほどの差で３位とし、新居君にタスキを渡すことができた。

約束通り先頭集団でタスキを渡せたのと、駅伝で好順位を残すために必要な流れを作ることができたので「やりきった」という手応えを感じられた。

その後の往路も２区から５区で大健闘した。

結果は、チーム初の往路５位、復路６位で、総合６位となった。

１回生の時に続き好順位を達成したため、東海大の箱根駅伝史において大きな礎を築くことができた。

なお、これから４６年後の２０１９年には、東海大学は総合優勝を果たすこととなる。

以心伝心
同じ目標を持ち、お互いの思いを知り尽くした者同士にのみ、できることです。そんな仲間を見つけられれば、大きな喜びになるでしょう。　作者不明

社会人最初の試練

最後の箱根が終わり、忙しかった大学生活がやっと終わりを迎えた。

卒業式終了後、合宿所に戻ると、逗子市役所から就職のお誘いがあったが、教員志望ということで丁重にお断りした。

これで、7年ぶりに京都へ帰ることとなった。

講師登録をしていたので、いくつかの学校が選択肢にあったが、長距離の練習時間を考えた結果、京都府立盲学校の非常勤講師になることにした。

下宿先から走って20分ほどのところに京産大があったので、部活の練習に学生のペースメーカーとして参加させていただくこともできた。

さて授業はというと、最初から全盲の生徒を教えるということで、困難が予想された。幸い、高等部には年上の社会経験を積んだ生徒さんが多かったので、授業を順調に進めることができ、楽しく授業させていただけた。

しかし、盲学校の給料は月給27000円なのが痛かった。

生活費を工面するため、他にも丸善食品で魚の加工をして30000円、日本板硝子で30000円のバイトをし糊口を凌いだ。

結局、大学生の頃と忙しさがほとんど変わらなかった。
また、青森国体に教員１５００ｍで参加した。
その際には、体育学校から日体大に進学した田中先輩とレースすることになった。
結果は３分５８秒で、試合後、久々の再会に話が弾んだ。

青森国体の１５００m出場時（後方は田中先輩）

盲学校に勤務して2年目のこと。

校長から「スクールバス添乗の常勤の仕事がある」と提案されたが、教員志望なのでお断りし、八幡市立男山第二中学校を選択した。

1年間だけの産休講師という条件であったが、初の健常者における体育教師での赴任であった。

ただし、あくまで1年契約だけだったので、すぐに次の職場を探さねばならなかった。

4泳法をマスターする

そんなとき新聞の広告で、スイミングスクールのコーチ募集を見つけた。

学校現場で水泳を教えられるのはプラスに働く、と考え申し込むことにした。

面接では正直に「走ってばかりで、ほとんど泳いだ経験はない」と答えた。

そのため採用は厳しいかと思われたが、これまでの陸上のキャリア、体育学部卒という経歴を評価され、採用に至った。

採用後すぐに、有馬ヘッドコーチから次のように言われ驚いた。

「3カ月で4泳法（クロール、平泳ぎ、背泳ぎ、バタフライ）をマスターしてもらうので、西明石で泊まり込みの合宿をする」。

本当に3カ月ですべて終わるのか不安であったが、合宿への参加を決めた。

合宿では、４泳法だけではなく、２０級～１級までとベビースイミングから成人コースに至るまで、カリキュラムを全履修し、その上でコーチングまでマスターする必要があった。

さすがに合宿中に走る余裕はなく、ただひたすら水泳に打ち込んだ3ヶ月研修であった。おかげで基本はすべて身につけることができたと思う。

また、この頃高校時代の恩師が丹波自然運動公園に勤務されており、その方の依頼で毎週土曜日にジョギング教室の手伝いにいくことになった。

最初はわずか6名だったが、1年で３０～４０名まで増え、丹波ロードレースを開催するようになる。これが現在数万人が走る、丹波高原マラソンの先駆けとなった。

そして、このジョギング教室がきっかけとなり、京都府知事と知り合ったことから、京都外国語大学の理事長を紹介してもらい、スイミングのコーチは1年間で退職した。

異体同心なれば万事を成じ、同体異心なれば諸事叶うことなし

人と人との心のつながりがあれば、どんなに難しいことも成し遂げられます。人とのつながりが一人では決して生み出せない知恵や力、勢いをうみだすからです。心を合わせせられるかどうかが、何事にも大切なのです。

日蓮

京都外大西高校へ

京都外大西高校に赴任した。

非常勤の体育教師であった。

理事長の口利きで講師として採用されることとなったものの、校長はあまり乗り気ではなかったようだ。以降私は校長に嫌われたのか、通常の非常勤講師の条件とは異なる、大変な毎日を送ることとなる。

他の先生は10~16時間授業のところ、私は27時間を担当することになった。

また、他の先生が欠席した場合には、私が必ず代行するという厳しい条件が付加された。

大人の世界は怖い。

もうひとつ落とし穴があった。

副校長から「西出君は頑張っているから〝常勤の待遇〟にしてあげよう」とニコニコしながら言われ、待遇が良くなるのかと考えた私は「ありがとうございます」と受諾した。

期待に胸を膨らませて待った給料日がきた。

愕然とした。給料は12万円であった。

入ったコマ数からすれば25～27万円という計算になるところを…。

常勤の1年目の固定給の額で抑えられたのた。

だまし討ちとはまさにこのこと。妙にニコニコしていた意味はこれだったのか。

就職してからの条件変更は現在なら大問題になっているであろうが、弱者である私の状況ではどうしようもなかった。

それだけではない。

後から来た先生達は2～3年で常勤・専任となっていったが、私は7年もの間、非常勤講師で頑張るしかなかった。

もちろん、そんな愚痴を周囲にこぼすわけにはいかない。

電話番の学生アルバイトですら14万円ほどもらえていたのだから、この扱いは明らかに理不尽なものであった。

高山に登る者は必ず下り、我、人を軽しめば還って我が身、人に軽易せられん
高い山に登って世界を見渡しても、やがて山を下り、他の人から見下ろされます。
立場が逆転し自分が軽く扱われるようになります。
本来は、必ず対等なのです。
それを知っていれば、人を軽んじることは出来なくなりますし、軽んじられても気にならないはずです。

日蓮

暴れる高校生を鎮める

教師生活は賃金・勤務時間ともにハードであったが、体育教師としての仕事は、大きなやりがいを感じていた。

3年間担任を務めたクラスの生徒達が卒業し、新学期を迎えときのこと。

次は1年生の担任かと予想していると、副校長に、

「西出君には、３年生のスポーツクラスの担任をしてほしい」

と意外なことを告げられた。

普通は３年生に新しい担任を据えるということは、あり得ない。

そのクラスは、スポーツクラスのなかでもヤンチャで元気な生徒が目立ち、暴れん坊も多かった。

普通の教師なら担任を尻込みしてしまうと思われる。

聞いたところによると、修学旅行では夜にクラス全員がいなくなり、外で暴れ回っていたそうだ。

噂は真実だった。

新学期のスポーツテストの１５００ｍ走では、全員がふらふらと歩き出した。

「走れ」と言っても平然と歩いている。

おそらく私の背が低いので、舐められていたのだろう。

そこで、一番悪そうなリーダー格の生徒に狙いを定め、列からひきずり出した。

クラス全員が「なに、ふざけたまねしやがるんだ」と脅すように囲んできた。

それでも私はひるまない。

その生徒の髪の毛を掴んで顔をグラウンドに押しつけた。

すると、観念したのだろうか。

全員が歩くのをやめ、そろそろと走り出した。

また、はじめてのホームルーム時には、机の上に足を上げてコーラを飲んでいる生徒がいた。スケート部のT君であった。

「いまからHRだぞ。飲むのを止めて、足を下げなさい」

と注意したが、足を机に置いたまま私をにらみつけてきた。

彼も私も目をそらさなかった。

にらみ合いが数十秒続いた。

まるで野生の熊とにらみあう猟師といったところだろうか。

まえぶれもなく彼の顔面を一発「バン」とはたいた。

この一発で、あっさり決着がついた。

誤解のないように言っておくが、荒れた生徒には言葉の論理は通用しない。

どこまでやる気があるのか、教師の覚悟が試される。

保護者や校長に泣きつかれれば、退職に追い込まれる可能性もあった。

それでもよいと思えなければ、手は出せない。

彼らは強い者だけの言うことを聞く。

弱いもののいうことは聞かない。

ある意味、単純な思考で動いているといえよう。


ところで、私は学校内の地下トレーニング室で、ウエイトトレーニングに励んでいた。

１００ｋｇを楽々と上げられるようになった頃には、私に逆らうクラスの生徒はいなくなっていた。

そして、その生徒達も「西出先生、上げ方を教えてほしい」と一緒にトレーニングをしにくるようになった。

当時は若かったので最高で１３０ｋｇは上がったと思う。

生徒はどれだけ頑張ってもせいぜい８０ｋｇ、ラグビー部でさえ９０ｋｇが限度であった。

なぜ私が身長と体重で劣る彼らの上をいけたのか。

種明かしはこうだ。

前回の東京五輪金メダルの、三宅義信選手を思い出してほしい。

実は、ウェイトリフティングは背が低い方が持ち上げる距離が少なく、有利なようにできているのだ。

そして、どれだけ体罰で指導しようとするよりも、彼らの目の前で、高重量のバーベルを軽々と上げるほうが、言うことを聞いてくれた。

強い男を尊敬するという、彼らのなかには、そのような評価基準があったのだろう。

スケート部のT君などは、とくに素直であった。

子供ができてから高価な絵皿をプレゼントしてくれるなど、いまでも私を慕い、付き合い続けてくれている。


今なら体罰として問題になっているだろうが、当時の生徒達にはこうするしか指導する道はなかった。時効なので許してほしい。

自己をならうというは、自己をわするるなり
何かを極めようと思うなら、自分自身を理解することが必要です。
そうすることで自分の姿が見え、さらに他者との関係、物事の道理が分かるようになるのです。
道元

トライアスロンへの参加

生徒との交流が増え、教師生活が充実してきた。

その分、自分の練習時間が減ってきていた。

陸上部の生徒達が成長してくるにつれて、自分が走っていては、生徒を指導する時間が足りなくなってきていた。競技者としても衰えを感じはじめており「そろそろかな」という感覚があった。

最後に出たマラソンは、篠山ＡＢＣマラソンだった。

結果としては2位と好成績であり、走り納めには良いかと思っていた。

ただ、マラソンには出場しなくとも身体を動かす程度の練習は続けていた。

松尾（京都市西京区）の公園で走っていると、歌手の高石ともやさんと知り合い、友達

になった。

そして高石さんに「トライアスロンに出てみないか」と誘われた。

長距離と水泳は経験があるし、自転車なら経験がなくともできないことはないかと思い、全日本皆生トライアスロンに参加した。無事、完走することができた。7時間12分56秒、3位の好成績であった。

大会はこれきりだと思って出場した全日本皆生であったが、その後も高石さんに「もっと長いやつがあるんや」と琵琶湖トライアスロンを紹介された。

これは4kmスイム、180km自転車、そして最後にフルマラソンというプロ水準のレベルの大会であった。が、前回の完走で気をよくしていた私は、出場することにした。

多忙で練習不足だったためであろうか。

スイムと自転車はうまくいったがマラソンのラスト10kmで膝を痛めてしまい、残念ながら完走することは叶わなかった。

ハーフマラソンぐらいなら練習しなくてもどうにかなるが、やはりマラソンは練習をしないことには誤魔化しのきかない競技であることを改めて実感した。

私自身の長距離は、これで走り納めとなった。

全日本皆生トライアスロンにて

グラウンド横の小屋が住居

この頃の住居は、西高のグラウンド横の小屋であった。

クラブ活動や体育の授業で使用する、メインのグラウンド横に、小屋が併設してあった。

副校長から「深夜に不審者が出入りするので、それの監視を兼ねて住んでほしい」と頼まれた。

ぼろぼろの4畳半だったが、電気と水道が無料で使え、手当1万円とのことだったので、私は喜んでそこに住むことにした。

このグラウンドには、使われなくなった電車の車両がひとつ、グラウンドに放置されており、この中に不審者が入ってきて、シンナーを吸っているらしかった。

私が小屋に住むようになってからも、かなりの頻度で不審者がシンナーを吸いに来ていた。出て行けと言っても抵抗するので、無理矢理追い払った。

実は、小屋には泥棒が2回入ったことがある。

ひとりは滋賀県で逮捕された。

もうひとりは、私が帰ってきた時に布団で寝ていた。

知らない人が自分の布団で寝ているのだから、大層驚いた。

「警察を呼ぶか」と言うと、

「それだけはやめてほしい」

と懇願してきた。もちろん泥棒は警察を呼ばれたくないだろうが、だからといってこのまま無罪放免にするわけにはいかない。

ただ、話を聞いているうちに根っからの悪党というわけでもないと判断したので、まず彼の親を呼ぶことにした。

親はクリーニング店を経営しているらしかった。その泥棒に警察を呼ばない代わりに、私の布団を洗うという、妙な交換条件で許すことにした。

それにしても、なぜ二度も泥棒が入ったのだろうか。

あの小屋は、泥棒が取って喜ぶような高価なものがとてもあるように見えなかったと記憶しているが、窓は上から下に閉めるタイプで、最後の10cmだけなぜか閉まらなかった。外からみれば、不用心であり「盗みに入りやすい」と思われたのだろう。

ここには、合計2年間住んだ。

京都市地下鉄の東西線が通るということになり、グラウンドは京都市に買い取られることが決定した。それと同時に、私も小屋から引き上げることになった。

もう二度とこんな経験はできまい。よい思い出だ。

妻ローリーとの出会い

ある日のこと。

職員室で校長・副校長に挨拶している女性がいた。

顔はよく見えなかったが、この時点で直感的な出逢いを感じた。

後ろ姿を見ただけの状態で、である。今でも不思議に思う。

金髪のカナダ人で、名はローリーと言った。

この女性こそ、後の私の妻である。

私が柔道の練習で通っていた、下鴨の正武館道場に、週に1回合気道を習っているとのことだった。

私も柔道を授業で生徒に教えねばならないために、まずは自分が教えられるだけの技量を身につけようと、同じ道場に通っていたので、顔を合わせる機会が増えていった。

しばらくして、彼女は職員室で私に手紙を渡してくれた。

周りの先生方からもその時の様子を見られていたので、とても恥ずかしそうな表情をしていた。

手紙には「友達になって、もっと私と沢山話しをしたり、色んなところに行ってみたい」という内容が書かれていた。

ふたりが付き合い出すまでには、時間はかからなかった。

もともと彼女は中国にいくつもりだったらしい。

だが、友人が大学院を中退したのをきっかけに日本に寄ってみようと彼女を誘った。

日本に来て、同じカナダ出身で、京都外大で先生をしているペニーさんと「シェアハウスでしばらく一緒に暮らそう」という流れになったらしい。当初はほんの1、2週間程度の予定しかなかったそうが、京都の趣に惹かれ、教師として働いてみたいと思ったそうだ。

つまり、いくつもの偶然が重なり、彼女との出逢いが生まれたというわけだ
奇跡に近い連続の上に成り立っていたことを知った。神様に感謝した。

ところで、グラウンドの小屋を引き払ってからは京都外大の旧校舎（通称お化け屋敷）に住んでいた。部屋中ダニだらけで、床を歩く度にギシギシと音がした。

さすがにこの家でローリーと同棲することはできなかった。

京都外大旧校舎（通称お化け屋敷）

ここを2年で引き払ってからは、晴れて家賃が11万円の花園団地に移り住んだ。14回目の引っ越しであった。

ただし、稼ぎが12万円だったので、余裕のない生活には変わりがなかった。

さまざまな種目への挑戦

このように、生活環境はまだまだ満たされないものがあったが、高校で体育教師に専念できることには充足感を感じていた。

ただ、ここからさらに体育教師としての実力を上げ、またクラブ活動の実績を伸ばしたいという思いが強くなってきた。

そのとき、東海大学時代にゼミでお世話になった岩垣先生のお言葉を思い出した。

「体育の教員を目指すなら、すべての種目でプロになれ」。

私は陸上競技に関しては自信があったが、他はある程度うまくできるとはいえまったくの素人だった。なので、このままでは生徒になめられる可能性があると考えた。

そこで、サッカー・バスケ・バレーボールなどの部活の練習に参加させてもらい、腕を磨いた。2、3年もすればある程度はできるようになった。

普通、体育教師は自分の専門競技以外はしないことが多い。
こうした自主練によって、より幅広い競技の指導が可能になった。
ローリーと会う頻度が高くなるきっかけになった柔道も、そのひとつであった。

ダンス部の顧問で、何かと相談に乗ってくださった山口先生に誘われ、ダンススクールにも通った。

最初は西院の渡辺ダンススクールというインストラクターを養成するような本格的な場所だった。さすがにレベルが高すぎてついて行けなかった。1週間で10ステップ覚える必要があり、1週間後には新しいステップ含めて20ステップできるようになることが求められた。誘ってくれた山口先生はそれを部活で練習できるが、私にはそうした時間をとることは難しかった。

数ヶ月頑張ったが「これは無理だ」と思い、今度はレベルを下げてジャズダンススクールにいき、さらに別のダンス教室に通いやっと自分にあったレベルの場所をみつけた。

ここである程度の技量がつけられたように思う。

しばらくすると、すぐ傍にあったジムにはまった。

西校のフィットネスの授業で、この経験が活かされた。

水泳のオリンピック選手を指導

学校には50mプールがあり、水泳の授業があった。

ここで、かつてのスイミングスクールで働いていた経験が活きた。

きっちり段階を踏んで教えれば、誰でも泳げるようになることを知っていた。

プールの授業では、生徒に宣言した。

「今まで10何年間泳げなかった人は、この2時間で泳げるようにする」。

女子などは、泳ぐのが苦手な子はプールサイドで座っているだけだったが、私が授業を担当するときはほとんどプールに入れ、授業を真面目に受けさせた。

実際、ほとんどの生徒が泳げるようになり、喜んでくれた。

水泳の話になったので、余談を書いておく。

バルセロナオリンピックの時、かつてスイミングスクールの時にお世話になった有馬ヘッドコーチから電話があった。「同志社の川中恵一がオリンピックに出ている」という驚きの報告であった。

川中君は、私が当時まだ子供だった彼に泳ぎ方を教えた生徒だった。

まさか陸上だけではなく、水泳でオリンピック選手を育てることになるとは思わなかった。

理不尽な嫌がらせ

水泳の授業は生徒達に喜ばれたが、私の待遇は変わらなかった。

理事長の口利きで採用されているため、校長は依然として私のことをよく思っていなかったようだ。

こんなことがあった。

甲子園に初めて野球部が出場した年に、教頭先生から「生徒に校庭で人文字を作るように指示してくれ」と言われ、嫌とは言えないので指示に従った。

すると終わってから体育科の先生ふたりに呼び出され「非常勤講師の分際で何を勝手なことをしているのか」と厳重注意を受けた。

教頭の指示であることを主張したが、聞き入れてもらえなかった。

体育科の主任は、常に校長の横にいて行動する方であった。

講師生活5年目の年になった。

2月の入試の時、いよいよ生活が苦しくなってきた私は別の学校で働くことを視野にいれはじめた。

そこでローリーと相談し、私の知り合いが勤務している岐阜第一高等学校に行く話がほぼ固まった。

校長に3月いっぱいで学校を辞めたい旨を話すと

「西出先生。冗談でしょ。それは聞き入れられない」

となり、そこから丸4日間の口論に発展した。

校長からは、給料を上げてもらうための方便だと思われていたらしい。

かなり悔しい思いであった。

この2年後から新しく体育コースができ、その際にスポーツ系の学生が大幅に増えることが予想され、5人の体育教師だけでは面倒を見切れなくなる。そのために、あと2人専任の体育教師を増やしたい。

だから是が非でも残ってほしいとのことだった。

4月になった。

体育コースが開設され、晴れて私は専任となった。

給料はしばらくしてやっと適正な金額をもらえるようになり、はじめて報われた気分になった。３６歳であった。

この年、２年間付き合っていたローリーと結婚した。

教会で安価な式を挙げ、公営住宅で生活することになった。

当時はバブルが後半に差し掛かり、先行きが不安ではあったが、現在の収入であれば問題ないと考え、３年住んだ公団住宅から、初の一軒家購入に踏み切った。

専任になって3年後には体育コース副コース長に昇格した。

大学を卒業して１２年経ってから、ようやくまともな生活ができるようになった。

大変嬉しかった。


陸上部も次第に強豪校として周知されはじめた。

個人・高校駅伝で近畿大会出場するレベルにまで成長してきていたのだ。

こうした実績が評価されてきたのだろうか。

龍谷大のＯＢから連絡があり、龍谷大学の外部指導者になってほしいという依頼が来た。これを快諾。

週１～２回の練習を指導し、部員の練習メニューを作成することにした。

高校生にとっては励みになるだろうと、西高の生徒と龍谷大の部員の合同練習も企画することもできた。

高岡寿成選手との出会い

忙しいながら楽しく、これまで大変であった教師生活を振り返る暇なく、喜びと充足感を得ていた。

そんな時、龍谷大学にひょっこり入部してきた部員がいた。

全く無名の選手だった高岡寿成、後の日本長距離界のエースである。

当時は、これが運命の出逢いになるとは予想だにしなかった。

高岡は１８５ｃｍ以上の長身に恵まれていたが、高校時代は膝の成長痛があったので、まだ走るための体に仕上がっていない選手であった。

おまけに貧血で、まだ質の高い練習をさせる段階にないと判断した。

そこで「最初の2年は体作りから入るべきだ」と考え、ジョグばかりをやらせていた。1２０００～１６０００mのペース走や６０～８０分の野外走を中心とした、余裕のあるメニューである。

1回生のとき、それを腐ることなくまじめにこなしてくれた。

試合結果は、関西インカレ2部での出場となり、他の学生を含めて８００m、１５００m、５０００m、１００００m、ハーフの5種目すべてで優勝を果たした。

本人としては、ここが起点となり「俺でもやれば勝てるのか」と自信がついたそうだ。

2回生になっても体作りを目的とした距離走、時間走がほとんどであった。

これで一年間我慢させた。

3回生になりついに芽が出始める。

まず、春頃から体の成長とともに貧血が改善されはじめた。

この頃からスピード練習を取り入れるようにしたところ、6月の全日本学生選手権で5０００mを１４分9秒7で5位となった。

この結果をうけ、いよいよ１３分の大台が見えてくるほどの手応えを感じた。

以降はより質を高める方向へ転換することとなった。

夏休みになると、私は早速、当時強かったＳＢ食品で監督をしていた瀬古君に連絡を取り、２週間の北海道合宿に高岡を連れていってもらう約束を取り付けた。

合宿から帰ってきた高岡も、たしかな手応えを感じていた。

早速瀬古君に御礼の手紙を書き、最後に「１３分台が出たらまたご連絡します」と一文を付け加えた。

９月、高岡は高校の同級生で、同志社大学に進学した秋山君から「１３分台で走りたいので、ペースメーカーになってほしい」と誘われ、出場した。

ペースを守っているうちに秋山君がリタイヤし、高岡はなんとそのまま１３分５７秒４でゴールした。

これが初の１３分台となった。

高校時代にインハイや国体で入賞してきた、実績のある選手に、あっさりと追いつき、追い越すことができた瞬間であった。

私は、さらなる走り込みを重点課題とすることを決めた。

その一貫として、千葉クロスカントリーに出場させた。

7位に入賞した。

この結果を評価され、なんとアメリカ・ボストンで日本人代表選手として世界クロカンに出場することにつながった。

結果は後ろから数えた方が早かったが、初めての「世界の舞台」であった。

高岡はこうした大舞台で走ることに、楽しさを見出すことができる選手へと変貌しはじめていた。

高岡、飛躍する

4回生になった。

シーズンはじめに3000mを走らせ、この結果で年の出来を占うことにした。

8分5秒、自己新だ。

今や高岡は13分30秒には手が届くかもしれない、と期待できる程に仕上がっていた。

まず5月の静岡国際で、大幅に自己記録を更新した。

5000mで13分41秒、これは上半期の日本ランキング1位の記録であった。

これからはより一層、質を高めた練習をし、中距離に主眼を置いた練習をさせた。

たとえば800×6本（1本2分5秒設定）、400×10本（1本62〜63秒設定）という練習がある。

これはかなり質が高く、苦しい。

加えて疲労を取ることを目的として、練習後は長距離のジョグをゆったり走らせた。

静岡国際の記録が評価され、7月に日本陸連からの要請で2週間の欧州遠征が決まった。

SB食品の瀬古グループ、陸連の碓井さん、そして私のグループでの転戦となった。

1戦目のオランダ・ヘンゲロで6月28日、中3日のストックホルム・DNガランで7月2日のレースとなった。

この時高岡とは「13分台を出せば陸連に顔向けできるから、そこを目標にしよう」と話していた。

ヘンゲロでは13分47秒5で5位と、まずますのスタートとなった。

ここで高岡の変化に気がついた。

中3日のうち、アップしていると「脚が異常に軽い」と言う。

最終調整として、前日は400×2を55秒から56秒設定で行い、当日のアップでは長い目の流しで調整した。

そして、ついに奇跡が起こった。

高岡の走りは異次元であった。

まるで背中に翼がついていたように感じた。

DNガランで、3日前の自己記録を20秒以上短縮する13分20秒43が出たのだ。

旭化成の米重君の持つ13分22秒を更新する、日本新記録の樹立であった。


レースを終えて帰国する時に、ストックホルムの空港でSBグループの方々に会い、瀬古君からヘルシンキで花田君が13分35秒、今季1位の記録を出したと聞いた。

高岡が日本新記録で走ったと伝えたが、その時は「冗談だろう」と信じてもらえなかった。彼は翌日の新聞を見て、さぞや驚いたことだろう。

ただひとつ残念なことがあった。

記録をだしたタイミングだ。

あと1週間早ければ、バルセロナオリンピックに確実に内定していたのだ。

ただ、私の目の前で日本新記録を樹立してくれた高岡君には、これまでの陸上競技指導者生活が一気に報われたような気がして、ほんとうに感謝している。

いま、高岡は当時を振り返って「まるで魔法にかかったようでした」と言う。

普通は、このレベルになると、たった数カ月で自己ベストを20秒短縮することは考えられない。

私自身は、箱根駅伝出場レベルで終わった選手だった。

その思いが高岡に魔法となって乗り移り、このような結果に繋がったのではないか、と勝手ながら思うことがある。


慶事は重なる。

同じ年、龍谷大学女子チームも全日本大学女子駅伝で4位入賞を果たしている。6区間中5区まではトップだったので、これもひじょうに優秀な成績と言える。

この時私は42歳の厄年であったが、厄年どころかいままでの陸上人生で最高の瞬間を迎えることができた。

高岡君とは今でも付き合いがあるが、以前に陸マガの取材で「高校の授業で忙しかった西出先生が、どうやって遠征に帯同して下さったのかわからない。もちろん有りがたかったのですが…」と不思議そうに言っていた。

実は、あれは有給を使った。

私は、自分が学生時代の分も含め、1日も休みを取ったことがなかったので、これが最初で最後の有給となった。

偉大な結果を思えば、まったくもって些細なことである。

管鮑之交《かんほうのまじわり》
仲良く、互いに信頼し合い利害を超えた間柄

モロッコへ

高岡が日本記録を更新して以来、西高の陸上部は軌道に乗り、京都大会上位入賞はもちろん、京都インターハイ1500mの表彰台を全て西高で独占することもあった。

中学の時から実績のある、向上心のある生徒が多く集まり、指導のやりがいを感じた。

毎日、学校に行くのが待ち遠しいほどであった。

家庭面も充実してきた。

平成6年5月30日、ついに待望の長女が誕生した。2812kgであった。同時に、桂（京都市西京区）の少し大きな家に引っ越した（16回目）。

陸上部が全国インターハイに個人で出場する選手が毎年数名出てくるレベルになり、私はここで一気に全国高校駅伝への出場したいと考えていた。

その頃、執行部会で偶然、理事長と同席することになった。

その際、理事長からケニア旅行に行ったという話を聞いた。

理事長が見学した現地の陸上クラブでは、日本人が指導していたそうだ。

そのときパッと何かが閃いた。

陸上の強豪国に日本人がいるならば、向こうからの留学によって戦力を補強できるという考えだ。理事長に、

「西高の交換留学制度は使えますか」

と聞いた。可能であるとのことだったので、早速行動に移すことにした。

卒業生でモロッコ人と結婚した女子生徒がいたのを思い出した。

早速、彼女へ連絡を取りつけ、東京のモロッコ大使館へ直行した。

大使に聞いたところ、交換留学は可能ということだったので、手続きが完了するまで待機することになった。8月21日であった。

私が、なぜ陸上留学ではなく、交換留学を選んだのか。

それは当時、陸上の強豪校で「陸上留学とは名ばかりの、人身売買を行っている」と週刊誌で報じられていたためである。

知り合いに聞いた話では、ケニアの生徒に日本に来てもらおうとすると、最低300万円は払わなければいけないらしかった。

選手や向こうの陸連に対しての費用である。

おそらく、この金を払った取引が、人身売買に該当していたと思われたのだろう。誤解されてもおかしくはない。

このような理由から、私は陸上留学を避け、交換留学にこだわった。

さて、8月に大使館に行って以来、3ヶ月経っても連絡がない。

しびれを切らした私は、冬期休暇を使って、モロッコにいる卒業生を尋ねることにした。

モロッコ西部の都市、マラケシュへは35時間の長旅である。

現地に着き、卒業生と、そのご主人であるカマル氏に会うことができた。

カマル氏の父親は学校に事務用品を卸す仕事をしており、陸上クラブのコーチであるブカリ先生を紹介してくれた。

ただし、このブカリ先生は、一筋縄ではいかない人物であった。

「母が病気になったからその医療費を渡せ」

などと、留学とは何の関係もない金をせびってくることがままあった。

また、陸上クラブの生徒に、私が自腹を切って、Tシャツを100枚寄付したこともあった。このような苦労の甲斐あってか、なんとかクラブの生徒を紹介してくれるところまでこぎつけることに成功した。

はじめての留学生受け入れ

私が候補として選んだのは、クラブ練習を見学したとき、その中で良い走りをしていた、ハッサンという中学生であった。

ハッサンは、マラケシュから車で1時間ほどの、アトラス山脈の麓にあるオリカという小さな街に住んでいた。

ハッサンの家庭は貧しく、家は土でできており、窓にガラスはなく、穴がいくつも空いていた。

日中の気温は４０℃を超え、室内はまるでサウナのようだった。

近くに川が流れており、その川を風呂代わりに使っていた。

家の床は、もちろん土のままである。

さすがの私の幼少期の苦労が、かすむほどの貧しさだ。

両親と話がつき、ハッサンは西高に来てくれることになった。

その夜は毛布を貸してもらい、床で寝かせていただいた。

私の幼少期も、これほどひどいものではなかったと思えた貴重な経験であった。


ハッサンが日本にやってきた。

彼にとっては、はじめての外国であったが、懸命に溶け込んでくれた。

ハッサンは全国インターハイ出場を果たすも、１０位に終わった。

この基準では、大学や実業団の基準を満たさなかったため、その後1年間私が面倒をみた。その間に、実業団のトヨタ九州の目にとまり、無事契約が決まった。

しかし、ほっとしたのもつかの間、４年目で戦力外通告を受けてしまった。

そこで急遽、龍谷大学の短大で受け入れた。

期待どおり在学中に、モロッコの学生代表としてドイツのユニバーシアードで１００００ｍ１０位に入る健闘をみせた。

ただ、短大卒業後にはオリカへ帰ることになってしまった。

だが、彼の人生はここからだった。

トヨタ九州で貯めたお金を使い、帰国後すぐに四輪駆動車を３台購入した。

空港～ホテル送迎の観光会社を立ち上げ、軌道にのせたそうだ。

去年の４月に自社のホテルを建てるなど、彼には無類の商才があったようである。

実は、コメディアンの千原せいじとは友人関係にある。

また、東京五輪では、モロッコチーム代表団のコーチに選ばれている。

退職前の準備

彼の交換留学を機に、モロッコと西高のパイプを築くことができた。

２人目の留学生はエドリフであった。

彼も健闘し、西高は近畿インターハイで優勝を飾り、ついに、念願の全国高校駅伝初出場を果たした。

しかし、この頃には私は２８年間勤めた西校を退職し、龍谷大学陸上部監督に就任していた。

ただ、正式な顧問としてではなく、外部コーチとして指導にあたった。

教え子の磯林君が監督として連れていってくれたのだ。

磯林君は大阪体育大学出身で、教育実習で西高に来た時に、私が指導教官をしていた。

講師として監督に就任してから1年目で全国出場を果たしたため、監督のキャリアとしては幸先のよいスタートを切れたことと思う。

その後は公立高校の採用試験に合格し、現在は全国車椅子駅伝の京都Ｂチーム監督を務めている。

彼は優しい性格をしているので、ハンディキャップを背負った選手への指導が向いている。

ゆくゆくは京都の車椅子駅伝での中心的人物となっていってほしい。

また、現在の外大西高校では、陸上部が男子女子それぞれ私の教え子で東海大学の後輩である、中井君と藤井君が務めてくれている。

男子の監督である中井君は、箱根駅伝5区で区間新を出したことのある猛者であり、藤井君も箱根でアンカーを務めた男だ。

彼らの益々の活躍を期待したい。

京都外大西高校を去る

さて、西高を辞職することとなったきっかけを話そう。

交換留学が成功し、体育コースに人気が出てきた頃、さらに体育コースの生徒数を集めるためにどうすればよいか、という議題が持ち上がり、意見を求められた。

私は「設備があるにも拘わらず機能していない部活を強化し、体育コースを増やしてはどうか」という提案をした。

野球部や水泳部は、既に部員が多い。

これ以上部員を増やしても練習場所を圧迫することになる。

一方、ハンドボールやバスケは、設備や機材が十分あるにも拘わらず、部員が少なく、ほとんど〝サークル活動化〟してしまっており、これらを有効活用しない手はないと考えたのだ。

これをたたき台の案として提出したが、会議で出てきた案は「水泳、野球のセレクションを増やす」というものだった。内容が大幅に変更されていたのだ。

これには水泳部・野球部の顧問が反発した。

プールは既に現在の部員で定員であるし、野球部もこれ以上部員を増やすと、練習場まで生徒を送迎するバスが足りなくなってしまう。

私も、この非合理的な案はおかしいと思う次第である。

残念だが、体育コースを拡充する案は流れてしまった。

私の居場所は、西校にはないのだろうか。

龍谷大学監督に就任

気分が優れなかったその晩、龍谷大学から電話があった。

「龍大陸上部の監督に、高岡寿成を呼んでもらえないか」

というものだった。私は「高岡君はカネボウで監督をしており、そこから引き抜くには莫大な予算がかかるため、非現実的である」と返答した。

するとその後、なんと監督の話が私に回ってきた。

西高では、上層部からは煙たがられていたが、28年もの間お世話になったのも確かであり、龍大監督の件はいい話だとは思ったが、即決することはできなかった。

しかし、先述したように西高陸上部の土台はすでに築かれていたため、私がいなくなっても大丈夫という確信があった。私への微妙な待遇、そして西高陸上部は育ったという確信のもと、龍大の陸上部監督を志願することにしたのだ。


このような覚悟のもと、面接に向かった。

面接官は小川事務局長をはじめ、各部長の方々6名で構成されていた。

これが、私が今までで最も簡単に通過する面接になるとは思いもしなかった。

捨てる神あれば拾う神あり

見捨てられることがあっても、一方で助けてくれる人もいるそれもそのはず、私は以前から龍谷陸上部の練習メニューを提供し、高岡と共に日本記録更新を成し遂げていた。実績は十分といってもよかった。

おまけに、小川局長はじめ、面接官ほぼ龍谷のコーチになる前から見知った顔でもあった。私はこれまでの道のりが無駄にならなかったことに感謝した。もはや雑談をするために来たと感じるほど円滑に、面接は終了した。

「最後に要望はありますか」と尋ねられた。

「勤務規定の関係で、できるだけ早く合否が知りたい」と申し出たところ、

「ほな、合格。」

と、その場で合格の判定をいただくことができた。

当時の学長と故・清水先生、事務局長は現在の龍大の礎を築かれた方々である。その人事力は、その場で職員の採用を決定できるほどに、絶大なものであった。

そして次の日、校長に辞表を提出した。

その後執行部の飲み会があり、そこで校長と若い先生が喧嘩をしているのが見えた。話題は、なんと私についてであった。

「やめていい先生とだめな先生がいる。いま西出先生が辞めたら、西校はどうなるのか」

と、泣きながら抗議していた。この若い先生は酒井先生といい、社会科を担当していた。その横には理事長も見えた。実は私は、理事長から止められたら、龍大を諦めて西校に留まるつもりだった。理事長には採用していただいた恩があったからだ。しかし、理事長は私に特に声を掛けてくださることはなかった。後ろ髪を引かれる思いはあったが、私はこれにて外大西高を去ることになったのである。

酒井先生ありがとう！

聞思して遅慮することなかれ

どれほど大切な言葉を聞いたとしても、他人事として聞いたのでは意味がありません。自らの問題として考えることで自分の中で消化され生きるための原動力となる

親鸞

渕瀬真寿美との出会い

龍谷大学の監督に就任した。

以前のように担任の業務と陸上競技を掛け持ちしなくてすむようになった分、給料は下

がった。西高では執行部として、学校の運営に携わる立場だったこともある。

しかし、後悔はなかった。

私の頭には、龍谷大学陸上部監督として、チームを強くする。それだけであった。

ただ、初年度は戦力が揃っておらず、結果らしい結果は出なかった。

学生たっての希望が、関西学生駅伝に出場することだったのだが、あいにく長距離の選手がいなかった。

競歩の選手2名が加わり、なんとか8名揃って出場したものの、22チーム中22位と最下位であった。

由々しき事態と感じた私は、次年度の戦力拡大に向けて、高校生をスカウトするために全国の高校行脚に出かけることになった。

2年目では全国行脚の甲斐があり、めぼしい選手を5名確保することに成功した。

これが功を奏し、1部昇格、駅伝でも6位まで浮上することができた。

そしてこの年、高岡選手以来の出会いがあった。

渕瀬真寿美という女子競歩の選手である。

渕瀬は、私が就任した時点ですでに実力が抜きん出た選手であり、あとは調子さえ整えば、というところまできていた。

来る神戸の日本選手権、その最終調整の練習場所の工面に苦労したのが思い出される。

本番3日前。

学校のグラウンドが使えず、西京極も埋まっていた。

亀岡は使用可能とのことだったので急行したが、すでに地元の小学生に使われてしまっていた。

最後の頼みである丹波に着いたときは、すでに昼の13時を回ってしまっていた。

調子が心配であったが、5000mでほぼベストに近いタイムを出し、本番ではかなりの記録が出るのではないかと期待していた。

迎えた本番当日。2kmの周回コース。

前半は集団でペースをキープしていたが、ラスト2周といったあたりで独歩状態になり、そのままゴール。

以前の日本記録を46秒も更新する、日本新記録樹立の瞬間であった。

これで、世界選手権の内定が決まった。

渕瀬は龍大を卒業後、実業団の大塚製薬に入り、日本代表選手としてロンドンオリンピックに出場、11位と大健闘した。

名実ともに、世界トップレベルの選手として成長したのである。

しかし、その後ひざを故障してしまった。

手術後わずか2週間でリオの予選に出ることになり、それでも4位と健闘した。

しかし、この結果で、大塚製薬から戦力外通告を受けてしまう。

手術後だというのに、これはあまりに気の毒ではないだろうか。

せっかくの逸材が、たった一度の失敗で終わってしまうのは勿体ない。

未来は今が創る　今の一念に生きよ！

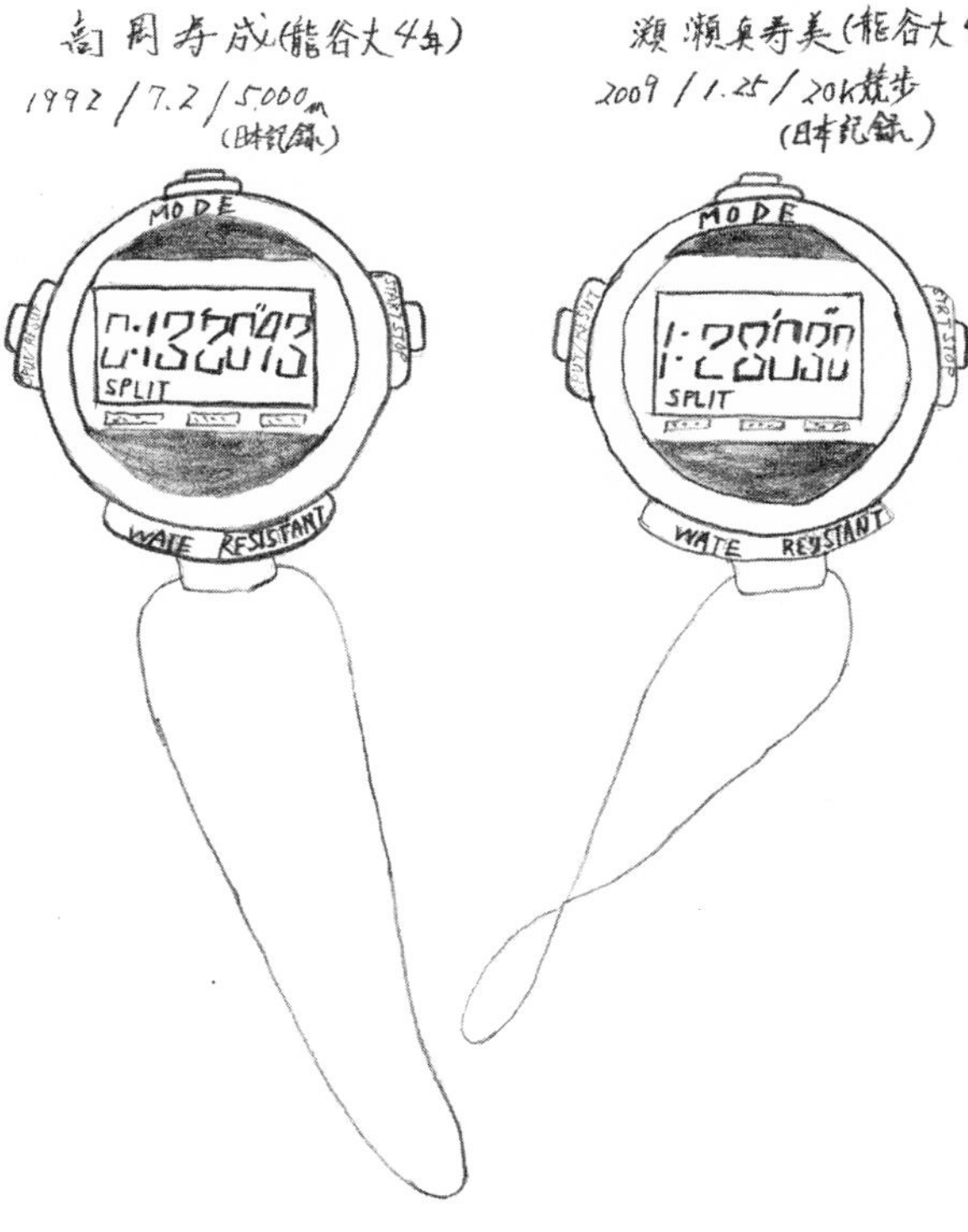

二人の教え子の日本記録

松村慎二

そこで私が思い出したのが、かつての教え子であり、自衛隊体育学校で陸上部の監督をしている松村慎二だった。

松村は高岡より2歳年下で、私が西校で龍大のコーチをしていた頃の陸上部員だった。現在は上級幹部である3佐、兼陸上部監督として立派に活躍している。

松村は、渕瀬のことを話すと快く受け入れてくれた。

陸上部に渕瀬が混じって練習することが許可され、渕瀬はそこで思う存分、競技力を磨くことができた。ちなみに、渕瀬は男子部で練習していた。

彼女の競技力では、男子と練習するのがちょうど良かったのだ。

この1年後、実業団の建装工業からお声を掛けていただき、東京オリンピックまでは面倒を見てもらうという契約で入社することができた。

その後、渕瀬は去年の4月、全日本競歩輪島大会の女子50kmでまたもや日本新記録を更新し、ドーハの世界選手権でも代表入りするなど、日本を代表する競歩選手として活躍している。

監督引退

６５歳で、定年を迎えた。

龍谷大学陸上部監督を引退した。

高岡や渕瀬によって在学中2回の日本新記録樹立、また卒業生のアトランタ・シドニー・ロンドンの3回のオリンピック出場、6回の世界選手権出場という指導者としての実績は、日本の他のどの大学でも例をみないほどの優れたものであると自負している。

また、オリンピック以外でも関西学生陸上選手権、全日本学生選手権、全日本個人選手権で数多く優勝・入賞を果たしている。

だから、これからも部が末永く存続していくものと思っていたが、最近ではサークルへの入れ替えが検討されているらしい。単なる降格であり、大変遺憾である。

昨年は全日本学生駅伝に日本学生選抜として出場するなど、現役生も頑張っているのだが、これらの実績が、学内ではあまり周知されていないのだろうか。

そこで私は、サークル入れ替えに抗議する姿勢として、退職後も2年間ボランティアとして総監督を務めた。あと数年で陸上部創部１００年を迎える歴史と伝統を、ここで畳んでしまうのは勿体ないのではなかろうか。

監督論

私の自伝も終わりに近づいた。

最後に、指導者論を述べる愚を許していただきたい。

中高の陸上競技指導者は、基本的に3年間で結果を出そうとする者が多い。距離に加え、タイムを意識した質の高い練習を集中的にさせれば、たしかにある程度の結果は出る。

しかし、私はこれまでの指導の中で、質の高い練習をやるより先に、ジョグでまず体作りからはじめるほうが、後々選手のためになることを確信している。

私は選手の体を「器」に例える。

器を大きくせず、そこにいくら詰め込んでも、入りきらずに壊れるだけである。まずは体作りから入ることが、選手が体を壊さず、かつ長期的に実績を伸ばしていくことができるのだ。

一部の強豪校では、鉄剤注射によって、一時的に結果を出す方法が用いられている。

貧血はランナーのパフォーマンスを落とす。

この原因になっているのは発汗によるヘモグロビンの不足であり、鉄分を注射することで、貧血を解消するのである。

試合前に大量に摂取すると、見違えるように良い走りをするようになる。

たしかに、れっきとした治療法であり、ドーピングには当たらない。

ただし、自然な方法ではないため、過剰摂取すると骨がもろくなったり、鉄過剰によって肝硬変や糖尿病にかかりやすくなる危険性を秘めている。そのため、私はこのような方法は治療目的以外に使うべきではないと考えている。

迷と悟とは相依りてなり、理と事とはこれ一般

人は皆、迷い苦しみながら、問題を解決するようにと努力する。そして解決できた時に人生への新たな理解が生まれます。まよいや苦しみに立ち向かいながら今を生きる。

良寛

では、先ほど述べた「ジョグから入るべき」という持論を、私の指導歴から解説していく。

西高での監督時、ジュニアチャンピオンと、ラグビー部出身の陸上未経験者の二人が同

時に入部してきたことがあった。

ラグビー部出身者は、まだ長距離を走るための体ができていなかったので、まずは長距離をジョグで走らせるところから始めた。彼は素人だったので、素直にそれに従った。

しかし、ジュニアチャンピオンは「こんな質の低い練習では勝てない」と言わんばかりにこの指示を無視し、独断で質の高い練習を続けていた。

そのチャンピオンは、高校2年生で近畿大会に7位入賞するなど、ある程度の実績を残したが、それ以上伸びることはなかった。

結局高校3年間でラグビー部出身がチャンピオンに追いつくことはなかったが、彼は大学で伸びた。チャンピオンは大学では長距離に興味をなくしてしまったが、ラグビー部出身は大谷大学に進学し、2部ではあったものの、5000m、10000mで優勝を果たす。結果が認められ、その後、彼は愛知県の実業団に入ることができ、活躍を続けた。

この実例で、いかに最初の体作りが重要か、わかっていただけたかと思う。

最初の数年はジョグで体作りすることによって、後々質を高くしても壊れず、伸びていける体を作ることができるのだ。私は中学高校、そして実業団から関西・関東学生、すべての陸上界のレベルを体感している。そのため、どの年代でどこまで追い込んでよいのかを把握しているのだ。これは、私が選手を指導する上で大きな強みとなっている。

なにも、これが唯一無二の正しい指導法だとは言わない。

聖人の薬を投ずること、機の深浅に随う

人にはそれぞれ成長の段階があります。

同じように成長を望んでいても　低い段階にいる人と、より高い段階にいる人とでは、必要としているものが違います。

また、成長するスピードも人によって違います。

人に教える時は、その人のことを理解し、成長に応じた助けを的確に与えなければなりません。　空海

後々強くなっていきたいか、もしくは3年間で結果を出したいのか。

そこを、生徒とよく話し合うことが大事だと考えている。

そして、この年代を監督する指導者は「自分の指導する生徒は、今後の将来を左右する時期であり、その点をふまえて指導するという責任がある」ということをぜひ覚えておい

家族写真

て欲しい。

家族と私のいま

娘はカナダの高校を卒業後、アメリカの大学へゴルフ留学し、大学を3年で卒業した。

卒業後はアメリカで小学校の教師をしていたが、去年4月に同じ大学の2年先輩の男性と結婚した。アメリカ空軍のパイロットをしている。現在は横田基地に配属されており、ふたりとも一時的にいま日本に住んでいる。

妻は、2007年に西高を退職。神戸市立外国語大学で准教授を務め、本年度から同大学大学院の国際関係学科に教授として着任し、英語を教えている。

私は6年前から、メガネ・タブレット・ノートパソコンを収納するケースを織物で作っている。これの評判がなかなか良く、来年の6月頃からカナダで展示会を開く予定である。

午前中はケース作りをし、午後からは36年間続けているジムでの筋トレに勤しむ。

50歳を超えてからはボディビル選手権に参加している。

京都大会3回、関西大会1回、全日本選手権2回に出場している。

ボディビルは、個人的には長距離よりも過酷な競技だと思う。

長距離は、練習をすればある程度強くなれるし、好きなものを食べられる。

だが、ボディビルは食事制限が過酷だ。

筋トレして筋肉を肥大させた状態から、体脂肪率を減らすための減量をしなければならない。晩ご飯は、ささみと野菜ぐらいしか食べられない。筋肉が大きいだけではなく、いかに絞るかが求められる。

65歳までは現役でやっていたが、あまりにも過酷だったため、今後はそこまで追い込みたいとは思っていない。

あとがき

越後（現上越市）が、親鸞聖人縁の地であることをご存知だろうか。

聖人が流罪となったとき思索を深めた地である。

ここが浄土真宗の原点と言っても過言ではない。私は龍谷大学の陸上部に携わるようになって以来、夏期休暇で部活が休みになった時に、上越市を訪れた。龍谷大学から給料をもらうというのに、建学の精神の礎となっている親鸞聖人のことを知らないのはおかしいと思ったためである。

聖人は刑期が過ぎたのち、結婚して5人の子供ができた。

その末娘である覚信尼と浄土真宗を布教しながら、62歳で京都に戻り、以降は執筆活動に励んだ。そして、90歳で覚信尼のもとで入滅している。この際に覚信尼に言った最後の教えが「青草人」である。青草とは、雑草のことを指す。

「踏まれても我慢していれば、いつかは綺麗に咲く。もし咲いたら謙虚であれ」というもので、私が思うには、これはたんぽぽのことである。

私は、自分の人生には苦難が多く、全て望み通りに生きて来れた訳ではなかった。

だが、その分教え子達が立派に花を咲かせてくれた。

それでたいへん誇らしい気持ちになるときもあるが、その実績を笠に着てしまうと、私の大切な、友人、知人、先輩、後輩、教え子、生徒達が離れていくだろう。

私の人生は、人が財産であった。

いつまでも謙虚でありたい。

青草人
この教えは、親鸞が９０歳で他界される間際に長女覚信尼へ最後の教えである。
雑草のように踏まれても踏まれても耐え、雑草でもたんぽぽのように綺麗に花が咲いた時には謙虚になりなさい、と言った教えである。
親鸞

参考文献
川村妙慶・高橋白鷗（２０１０）ほっとする親鸞聖人のことば　株式会社　二玄社
（２０１２）心が澄みわたる　名僧の言葉　株式会社　星雲社

■著者プロフィール
西出勝（にしで・まさる）

1952年3月3日京都府で生まれる。

自衛隊体育学校陸上班への入校を経て、東海大学を卒業。

京都外大西高校に陸上部監督、体育コース専任教師として勤務し、龍谷大学陸上部のコーチを兼任。

高校退勤後は、龍谷大学陸上部総監督に就任。

龍谷大学からの、高岡寿成・渕瀬真寿美といったオリンピック選手の輩出に貢献する。

以下、教え子3選手の主な戦績

男子　3000m・5000m・10000m
元日本記録保持者　高岡寿成（現カネボー陸上部監督）
男子　1000m
現自衛隊記録保持者　松村慎二（現自衛隊体育学校監督）
女子　20km競歩・50km競歩
元日本記録、現日本記録保持者　渕瀬真寿美

未来は今が創る　今の一念に生きよ！
～元龍谷大学陸上部監督が語る「人生の流儀」～　〈検印省略〉

2020年6月26日　第1刷発行
著　者――西出勝
発行者――高木伸浩
発行所――ライティング株式会社
〒603-8313 京都府京都市北区紫野下柏野町22-29
TEL：075-467-8500　FAX：075-468-6622
発売所――株式会社星雲社（共同出版社・流通責任出版社）
〒112-0005 東京都文京区水道1-3-30
TEL：03-3868-3275

ライティング（株）に文章の編集・校正・アレンジを依頼しました。

この物語はフィクションです。


ISBN978-4-434-27750-4　C0075　¥1000E